我妹妹

謹以此書獻給我妹妹

她以面對無比殘酷的現實的勇氣，提供了我寫作此書
的許多珍貴素材，至於我爺爺、我奶奶、我媽媽
還有我爸爸以及

所有其他的人，他們不一定對這本薄弱的書
有了解的興趣和能力，他們寧可面對生命中其他
的騷動與焦慮

目次

新版自序｜重逢的告別

有如另一個夢境。

I

故事如何發生？為何發生？以及發生過程之中諸般細節何以能夠彼此支援聯繫，似乎都不是有意主使而成的。唯其於發生時特別感到可喜可愕可驚可哀，一旦掩卷，反而漸漸覺得方才所經歷的那些情緒起伏不怎麼踏切，也才漸漸覺得先前入戲、入迷的那個我，似乎不是真我。從夢中醒來、從創作或閱讀情境中醒來，這個「漸漸覺得」的經驗，我們一般稱之為：「回神」。

一回神，我才發現：寫《我妹妹》的那個我，已經在十五年之外了。十五年前的那個我，另外有個不具體的身分，叫「大頭春」。「大頭春」出現得更早，應該是一九九一年春天。當時我還在《中時晚報》擔任一個名曰「撰述委員」的閒差事，隸屬於副刊部門。這種house writer的職務不十分確定，總要因應著新聞或報社文化活動的需要而撰寫一些方塊文章，大方塊、小方塊，林林總總，嬉笑怒罵者有之、縱談博議者有之，好像有些讀者；就算沒有讀者，編報撰稿的人互相指點，引為談助，也能顯得熱鬧。

「大頭春」就是這麼誕生的——某日，主編嚴曼麗女士跟我說：現有「作家生活週記」專欄一個，需稿孔急，請趕寫一篇交差。那個專欄原本是每週刊出一篇，由編者廣邀海內外作家輪流執筆。所謂週記，自然是站在報刊的立場而言，對於個別作者來說，也就是單篇應卯，不外寫些個一週以來讀書寫作、靜思偶感的小品。我總覺得自己小時候受迫而寫的週記並非如此。

「週記」不是應該有它自己的一個體例嗎？不是應該具備諸般學校提示的欄目嗎？不是應該先寫「一週大事」、再寫「重要新聞」、次寫「生活檢討」、最後來個「學習心得」嗎？於是，我就用「大頭春」做筆名，寫下第一篇「生活週記」；又因為動筆的前一天正好看了楊德昌的新作《牯嶺街少年殺人事件》試片，篇目就叫做〈少年殺人電影〉。這一篇刊出之後，副刊同仁忽然發現，好像讀者不祇是編報撰稿的人，有許多並未受我之託的讀者也紛紛打電話詢問：「大頭春」是誰？嚴曼麗主編隨即問我：「可不可以每星期都來上一篇『大頭春的週記』？」

在那個「文章見報會有人討論」的時代，《少年大頭春的生活週記》似乎得天獨厚，於專欄推出一年之後交由我的朋友初安民出版，直到二〇〇二年，我決意讓它斷版為止，前前後後賣了二十幾萬本。對我而言，出版十年後斷版的這個決定是毫不猶豫的，一如當初這本書結集之際，《中晚》副刊上的專欄也就偃旗息鼓了。畢竟，夢境或許能夠不自覺地再三重複，寫作似乎不宜。

就在《少年大頭春的生活週記》上市將近一年左右，初安民約我吃飯。安民同我約見面，不須琢磨，又是一次「考你一題」之會。那是一家我們常去的日本料理小館，名叫「梅園」。方桌硬座，冷酒白燈，我們還是像過去幾年間隔三差五地約會一樣，杯盞間無非是彼此考較些個極其瑣屑、無關宏旨的小知識，其情大約就是某人舉杯往桌上一擊，對另一人道：「考你一題——第一個駕機到東京上空扔宣傳彈的空軍飛行員是誰？」

正常人一定會斥之為無用且無謂的餖飣之知，散漫地、零落地漂浮在空氣之中，這似乎是我們相互捕捉對方習性、脾味以及情趣的狩獵活動。藉由種種看似與一己無關的客觀資訊，去重新拼湊出兩個人裡裡外外的身世。不過，這一天的聚會小有不同，安民和我都記憶深刻。在大約一打台啤之後，他提出了一個要求：「寫本兒『大頭春』的續集吧？」顯然是有備而來——安民彷彿早就知道我一定不會答應，遂接著說：「你不寫也沒有關係，我已經想好了，萬不得已《生活週記》還是要出下去，我就找那個——（他說了一個當紅女作家的名字）我就請她用『大頭妹』做筆名，再出第二本。」

「你不能這麼糟蹋我！」我說。

「所以你還是勉為其難罷。」

「甚麼時候出？」

「越快越好。」

「寫甚麼呢？」

「隨便。」

回想起來，應該是「大頭妹」三個字的觸動。我不能說那是「靈感」，頂多可以解釋成為了避免掉入一個由於趣味複製而編織的噩夢所激發出來的反感，我指了指桌邊的點菜單：「拿來！」

就用那一疊十五公分見方的點菜單，我隨手寫了一式兩份的《我妹妹》的「回目」；一份給安民、一份自留底。二十六天以後，《我妹妹》

出版了。

2

所謂「隨手」，的確就是沒有完整構思、信筆而行的書寫。回想起來，當時我對這本小書究竟該表達些甚麼？用甚麼方式表達？表達給甚麼樣的人看？……這些問題可以說是全然無知的。十個章節，看上去應該各自獨立，彼此銜接，而我卻一點兒主意都沒有。滿心祇像是面對著一則「考你一題」那樣的玩笑和挑戰——〈我的禮物〉、〈嘔吐〉、〈新人類女士〉、〈初戀〉、〈她的禁忌〉、〈我們剩下軀殼〉、〈聆聽與訴說〉、〈笑的甦醒〉、〈死亡紀事〉、〈終結瘋狂〉。

醒著的人無能參與夢境的現實。我反覆看著這十個回目，把它抄寫在一張幾乎等同於十五公分見方的小紙片上——就像當年那般；再將這張紙貼在檯燈罩前方，時刻以對。我的確想要重返一次創作這部小書的當時，一九九三年，我和我的朋友幾乎人人都有一個名之曰「工作室」的單位，大家都不在「工作室」裡工作；工作在外面，工作室則是提供休息、貯物的門面。「張大春工作室」攝製電視節目，一個關於讀書的節目。在那個年代，小知識分子理所當然地以為：在一個多元的社會裡，起碼應該有「看起來愛讀書」的選項——不愛讀書，起碼也可以愛看電視。

一九九三年，在小知識分子的話題圈裡，人們已經不談論沙特和尼采，至於那些轉進到德勒茲和阿圖塞的人不是經檢驗發現得了憂鬱症，就是不須檢驗也看得出來變成了反執政的狂躁分子。還有人記得米歇·傅柯，但是會立刻聯想起來的不是診療制度、監獄或瘋狂與文明的辯證，而是愛滋病的蔓延之勢。仍然相信德希達的請舉手？喔，不！介紹我們認識德希達的那位教授已經下鄉參選去了——甚至還謠傳他已經被涼椅大王「搓圓仔」了。就連馬克斯·韋伯與密宗二哥林雲這兩個在八〇年代一時風雲、並稱顯學的人物，都已經不再能占據報紙的版面。兼韋伯與林雲而有之且取而代也的是約翰．奈斯比，他為我們繪製兩千年大趨勢的藍圖之際，見證的其實是九十年代的大眾巫術如何穿戴起資本菁英的套裝。

這個話題圈也許小，但是還能夠和大眾說得上話。我清楚地記得有一天午後，我從〈嘔吐〉這一章的某個片段裡被工作室約聘的攝影師丘哥挖出門，約在荷花滿池的植物園見面，說是要補拍幾個空鏡頭，順便把我在另一個單元的開場白錄掉——而我家離植物園只有一箭之遙。如果那一天我沒有出門錄影，〈嘔吐〉的後半篇內容和今天印刷出來的這個版本可能完全不同，攝影師將我打斷的時候，我大概是寫到下面這一段裡的某一個句子：

那時她經常重複一種動作：把一個較小的東西放進一個較大的容器裡去。把奶嘴塞進嘴裡、把奶瓶扔進垃圾桶裡、拖鞋放進魚缸、鑰匙丟

進拖鞋。我們更隨時可以在茶杯裡發現她的金牌手環、在菸缸裡找到爺爺的假牙、馬桶裡撈出唐老鴨，在任何張口的罎子、罐子、桶子裡摸到任何你找了很久的失物。

這段內容當然不是我自己的經驗，而是安民觀察他自己女兒的發現——就從我們哥兒倆經常廝混的那段時日開始，安民的女兒好像也從一個不斷把物件丟進容器裡的年齡長到《我妹妹》裡那個和哥哥討論沙特的妹妹的年紀了。而在書寫前面這一段引文的午後，我扔下稿子，趕到植物園，和攝影師丘哥一起淌著熱汗，想法子捕捉沙石地裡百數十隻覓食麻雀的身影。就在這個時刻，忽然聽見身後傳來一個婦人的聲音：「真是可悲！真是可悲啊！你們。」

那是一種帶著幽怨、悲憤的話語：「真是可悲啊！你們。」

婦人年約四十，黧黑而瘦削，咬牙切齒之餘，還瞪著一對晶亮的圓瞳，像是逮到了破壞她家庭的現行犯。「我們怎麼了？」我看一眼三角架旁的丘哥，再看一眼小拖車上的監視器，沒有任何令人憤恨如此的異狀呀？幾隻麻雀，跳躍的、撲飛的、搖搖晃晃行走的。

「那麼美好的環境，被你們破壞成甚麼樣子了？還拍！」

「我、我、我、我們破、破、破壞了甚麼？」丘哥是個結巴，一急就擠眉弄眼。

「地球啊還有甚麼？我們只有一個地球啊還有甚麼！就是你們這些人把我們的地球破壞成這個樣子——」說著說著，她更激動了，嘴角微揚、竟然帶出來半邊刻意扭曲了的笑容：「拍嘛！稀罕嘛！連幾隻麻雀都沒見過吧？再拍甚麼都沒有了看你們拍甚麼。」

天熱瘋人多，我想。即使被一個義正辭嚴的瘋人嗔怪是樁足以令人懊惱一整天的事，然而，這婦人的譫言囈語是我對九〇年代印象最深刻的一段講評。

當下，我幾乎不用深思就想到我的老朋友馬以工和韓韓在八〇年代所出版的書，想到那些個見人就罵、見樹就抱的環保好人，想到讀者觀眾對於媒體爆炸所懷持的期待和所受到的傷害，想到人們還能夠和整個世界維持著多樣話題的批判關係。我們還沒有跨過千禧年，還不知道未來的十年甚至不知伊於胡底的多少個世代，我們即將開始逐漸縮減自己關心、依戀、好奇、痛苦、諷謔甚至憤怒和詛咒的對象。

那是一個堪稱炎熱、混亂的午後，大概也是因為炎熱、混亂，等我從植物園走回家，回到書桌前，我大概已經忘了該怎麼把〈嘔吐〉繼續寫下去，於是打了個高空，我掉筆從佛洛依德寫起。

3

小說裡的妹妹有一個半吊子佛洛依德迷、半吊子印象派迷、半吊子報導攝影迷的父親，那個父親就是八〇年代的我。九〇年代的我憎恨八〇年代的我——「潛意識」這個詞兒真好用，如今就可以用上了——應該是出於一種潛意識，我把我所不能忍受和面對的、關於自己因好奇而接觸而浸潤而後拋棄的一切都歸諸於「可憎恨的我」而使之成為作品中那個見異思遷的父親。

讓我們暫且扔開知識人格的缺陷這一類瑣碎無聊的問題，先回到九〇年代。九〇年代總會標記著對於八〇年代的不安。在寫下那個對任何人、任何事、任何處境都見異思遷的父親的時候，我尚未及自覺，原來我所試著隱約控訴的對象，是上一個十年裡的自己。

大約就是在一九九三年，行酒令一般的「考你一題」聚會加入了不常自遠方來的鄭樹森。我記得有一次問他：如果上個世紀的二〇年代被稱做是「失落的一代」，那麼三〇年代呢？鄭樹森一本正經地說：「那還用問，當然是『衰退』或『恐慌』的一代。」那麼四〇年代呢？

「大戰的一代。」安民說。

五〇年代——不勞我輩煩言，本來就有個詞兒——「垮掉的一代」（The Beat Generation）；那麼六〇年代呢？公論歷歷，非「解放的一代」不可當。七〇年代多麼模糊？多麼晦澀？虛榮來臨之前，自由虛脫之後，雅痞尚未褪盡嬉皮的絡腮鬍渣，激進的青年還沒有找到迷幻和資本相通的旋轉門，八分半鐘的唐．麥克林讓整世代的青年誤以為到了詩的邊際，喜多郎剛開始在沙塵暴中調鬆他的琴弦，我說那真是貧乏的一代。

八〇年代呢？無疑連索羅斯都會說：那是貪婪的一代、繁榮的一代、消費的一代。這些勉可提供辨識的光景為九〇年代鋪好了前路，那麼，二十世紀的最後一個十年，會是甚麼樣的年代呢？我們需要一個詞。當時不會有答案。

可以猜想得到，算是十進位制最頑強的迷思之一；每個〇紀年與另一個〇紀年之間的世界都與之前之後的歲月有著不同的標示，在哲學意義十分稀薄的層面上看，二十郎當歲、三十有餘年、四十、五十……又何嘗不是度量衡之一種呢？舉個例子來說：我在一九八九年認識了個吃素的女孩，除了同桌吃素，沒有進一步的交往，我真心佩服她能夠帶領我在城市的任何一個角落毫不費力地找到一家又一家的素食餐廳。我差一點開始要為一九九〇標示上「素食元年」，也認真相信素食在之前的八〇年代和之後的新世紀一定都沒有這個十年那樣發達。

冷戰結束於八〇年代末、九〇年代初，但是波灣戰爭畢竟還是接踵而至。我開始對專門追蹤全球武裝衝突現況的非政府組織產生了無比的興趣，長此以往，近二十年。我還記得：這種追蹤報告在二〇〇四年秋天發表指出，「全球戰爭數量較一九九〇年代的高峰期明顯下降」——

「一九九〇年代的高峰期」？原來，我誤以為該屬於素食的那一個紀元，是世界各地戰爭最頻仍的一段時光。

像是瑞典的「斯德哥爾摩國際和平研究中心」，從新世紀開始就不斷地提醒我們：一九九一年全球共有三十三場重大武裝衝突。還有加拿大「犁頭計畫」組織，這個組織對武裝衝突的定義寬鬆得多，它也曾經用比較的方式告訴我們：一九九五年全球的四十四場戰爭在十年之後明顯減少為三十六場。加拿大英屬哥倫比亞大學「人類安全中心」是透過計算戰爭死傷人數來量化戰爭激烈程度的；這份報告估計，二〇〇二年全球因戰爭死亡的人數約為一萬五千人，二〇〇三年因爆發伊拉克戰爭，死亡人數升高為兩萬人，「但相較於一九九〇年代的四萬到十萬人仍然算是大幅減少了」。換言之，身在九〇年代的我們還來不及認清戰爭一直與我們常相左右的危險；我們也還來不及養成比「島內民主」範圍更大一點點的政治關懷。

日後，研究二十一世紀之交世界大勢的歷史學者或許會指出：冷戰結束、蘇聯瓦解，導致東歐和其他地區爆發內戰及獨立戰爭，這使一九九〇年代初期全球戰火頻傳，也正是因為不甘放棄其鬥爭慣性的超級強權不斷在衣索匹亞、莫三鼻克和柬埔寨等地發起「代理戰爭」的緣故。

就在「代理戰爭」打得如火如荼的當下，我的國人早就已經不關心這些了，我們只關心「一九九五閏八月」，爾後就要忙著痛恨前一個十年了。

4

在前一個十年過了差不多三分之二的歲月，台灣解嚴了，看似要邁向更深化的民主和自由了。我們將會有更多的報紙、更多的電視頻道，有更多的政黨選擇，更多票決公共事務的機會……但是很奇怪地，我們痛恨這些。

九〇年代的台灣社會運動的確因著解嚴而忽然爆發了巨大的力量，卻又忽然降溫。

我的一位學者朋友（後來當了市政府一級主管的官兒）用「熵」作為理論依據，他很樂觀地指出：這是符合熱力學定理的。「熵」，英文是entropy，此字好像還另有希臘文的來歷，意指「內向」。在熱力學中，「熵」似乎是在描述一個系統不受外部干擾時往內部最穩定狀態發展的特性；關於此字的其餘細節，我一概不懂。但是我的這位學者朋友則信誓旦旦地表述：「當社會的亂度到達最大值的時候，也就是這個社會開始趨於成熟和穩定的時候。」這話符合不符合熱力學我不敢論斷，但是拿來描述九〇年代台灣的「亂之始也」卻讓人頗有神祕主義咒術的感覺——你覺得其間毫無理性可言，但是卻「如得其情」。

不過，亂度幾乎讓人以為再也不能超渡。自覺永遠買不起房子的小市民可以喚醒數十萬翻不了身的「無殼蝸牛」上街頭；主張大學教授共同開會治理校務是教育改革之本的老師們嘯聚著自己的學生也要上街頭；反對曾經是職業軍人的退役將領擔任閣揆的眾多年輕人更要上街頭——這就打造出一朵野百合花來了。

當野百合學運最風靡的時候，我曾經寫了一篇〈廣場修辭學之貧乏〉的小文章，指稱在中正紀念堂廣場上夜以繼日所發出的那些吶喊、演說、絕食、合唱等等表演節目不過是這個自號「野百合世代」的青年企圖將自己編入一個群眾運動史的複製儀式而已。在他們前面，遠方有七六年的「四五」，近處有八九年的「六四」。但是誰也不願意承認或公然揭露這個底蘊的動機，所以祇好加意醜詆他們所聲討的敵人，並且毫不在意自己被乘機漁利的政客和政黨進一步地收編、利用，以及進一步地整形。

「熵」的理論果然符合爾後的發展軌跡——「當社會的亂度到達最大值的時候，也就是這個社會開始趨於成熟和穩定的時候。」廣場上意氣風發的吶喊者、演說者、絕食者和合唱者他們的「後來」呢？後來又後來，我們會在新政權、新政府的權力分贓版圖上發現他們蛻變後的的形跡。拜解嚴之賜而得以爬上檯面的世代並不真的相信亂度，並不真的相信「熵」符咒，當一個社會漸漸趨於所謂的「穩定和成熟」之際，人們反而回到更原始的狀態，恐懼自由、渴望專制、擁抱強人。相不相信？「無殼蝸牛」的一位司令官就從九〇年代中期開始成為一家不斷擴大營運規模的連鎖餃子店大老闆。

所以我說：來到九〇年代的中期，人們忙著痛恨八〇年代。

5

所以我會這麼寫：

我妹妹和我曾經在一爿精品店裡隔著兩面落地玻璃偷窺（以及偷聽）我爸爸演講。我聽入了迷，幾乎忘了他就是我爸爸。你知道：人在面對一、兩個人講話的樣子總和面對一群人講話的樣子不同，而我爸爸面對一群人講話的樣子確實是迷人的。他變得很溫柔、很有幽默感、變得比任何時候都要誠懇與謙卑。我不認為他惺惺作態，我認為被眾人聆聽的那一刻講話者比較易於傾近美德。

八〇年代台灣社會縮影在兩句廣告詞裡：可口可樂的「跟著感覺走」以及司迪麥口香糖的「我有話要說」。瑪丹娜剛以拜物女孩的身分獨領風騷，她誠實的音樂使得搖滾精神滲透、感染著數以百萬計寧願終身無腦的街舞少年；卻無從想像她會以流行舞曲的形式徹底撼動搖滾精神，也無從理解自己的演技實在太糟。不過，令人振奮的是在〈Papa Don't Preach〉裡面，她勇敢地告訴「爸爸」：她懷了孩子——而且想把它生下來。二十年後回想這首歌的衝撞，並非在於它的宣示多麼驚世駭俗，相反地，卻在於未婚懷孕的少女與爸爸討論她的人生處境時，一切顯得多麼自然？

唱〈跟著感覺走〉的蘇芮和演出「我有話要說」的何篤霖大概也是在相似的感性背景上忽然成為青春偶像的——就連「青春偶像」這個詞恐怕都才出廠不多久罷？理當埋首為升學而讀書的青少年第一次依恃著他們義無反顧的集體消費力向說教的世代嗆聲，嗆得理直氣壯。

說教的世代不再繼續大聲說教的原因不一而足，有更多原本該浪費在說教上的時間，他們用於諸般股市線圖分析上，用於中產階級的新消費解壓儀式上（一般我們簡稱這種儀式的最大宗為「K歌」），用於他們的上一代在他們這個年紀時早就不作用的賀爾蒙消化上。他們自己是嬰兒潮的一代，有怎麼用也用不完的青春期。此外，還有一個「爸爸不再說教」的解釋最令我訝異。

一九九三年春天，數來幾乎是我最後一次參加報社發行人所召集的宵夜宴。發行人是很和藹的一位大姊頭，全報社的人似乎都可以跟她沒大沒小地開玩笑。這一天，大姊頭跟我說：「你一定要來，我要跟你介紹一個很精彩的人，你一定要認識認識！」席間，坐在我旁邊的就是那位我久仰了的台大歷史系的教授，當他聽說我也還在母校的本系兼任著一兩門課的時候，忽然說：「感覺到學生不太愛念書了嗎？」我說是。

他說：「不要管他們——你上課點名嗎？」

「偶爾點的。」

「不要點，讓他們去。」這位精彩的教授接著說：「從我小的時候大家就說university應該翻成『由你玩四年』，為什麼呢？因為現在的小孩太可憐了，一天到晚升學補習補習升學，當然只有到大學裡來才能開始過童年嘛！大學，是童年的開始嘛！」此言一出，舉座大噱——在笑聲中，我們好似分享到一個真實的童年。

不需要再過一個十年，教授逐漸在時髦的政治風潮下改寫著他認為具有還原意義的歷史，也得到了一個接一個的官職。我不知道他所鼓舞的那些個縱身於大學童年的學子們日後如何回憶個別的教養生涯，但是我明確地知道：這不但是一種討好，也是一種政治正確性純度相當高的討好。

不討好，無以言；不討好，無以立。帶著對青春的讚頌，對自由的謳歌，對率性的崇拜，對威權的撻伐，並且將這一切名之為寬容，我們墮入了另一個迷思的夢裡。

但是我說過：我們處身所在的八〇年代即將在下一個十年裡遭到痛恨，痛恨我們的人裡面很可能包含了我們自己。

6

關鍵是這個字眼：「好玩」。

早在八〇年代初，我出版不知道第幾本書的時候，請我的老朋友詹宏志寫一篇序文，比我祇長一歲又三個月差兩天的詹宏志在文中老氣橫秋地稱我為「頑童」。從此以後，任何一篇報導我出版訊息的新聞、指點我作品的書評，或者析論我寫作歷程、風格的著述都不會遺漏這兩個字。

這些跟著宏志學舌的人並不在意學舌的無知，但是，把我說成「不正經」（頑）以及「長不大」（童）彷彿已經是這一整個世代低能的閱讀社群所堪用的最佳語彙了。事實上，集體所能發揮的最大善意和惡意也僅能匯聚於「頑童」二字——正因為你的技巧卓越，無人能及，看來還行有餘力，所以「頑」是個限量的褒譽之詞；也正因為卓越的不過是技巧，而非偉大的情操和思想，所以「童」字更可以是個無限量的貶抑之詞。穩穩地你就貼著這標籤向前走罷！「頑童」。年紀大一些，稱許你「人到中年，依然是頑童」；再癡長幾歲，呼喚你一聲「老頑童」，哪一天你行將就木，或者是歸化塵土，就說「頑童已矣」，永遠的頑童。有一個神色天真的採訪者曾經這樣問我：「為什麼大家都稱你是頑童呢？」

「因為看我的眼睛很幼稚。」我說。

但是那位採訪者並沒有按照我所說的寫，她的報導刊出了，劈頭第一句寫的是「不改頑童本色的張大春……」。

貪婪的一代、繁榮的一代、消費的一代；我們曾經如此標記八〇年代。然而八〇年代留給九〇年代最可鄙的一個詞恐怕就是「好玩」了。顯然揮之不去的「文化創意產業」這個二十年後忽然大興其道的流行語在二十年前無以為名的時候，通包於「好玩」之中。就像是在達文西筆下蒙娜麗莎微笑著的臉上加兩撇達利的小鬍子那樣，眼界初開而滿懷好奇之趣的人會驚歎不已，好好玩！那麼，在蔣介石肖像的嘴裡添一枝卡門的玫瑰如何？在耶穌最後的晚餐桌上安排一位德蕾莎修女如何？在瑪麗蓮·夢露揚起的裙腳下放置一根巨大的陽具如何？一定有人會覺得好好玩。

消解了思索的好玩衹剩下針對最大多數受眾共同印象的複製。「好玩」不再是天真的驚豔，而成為跟著感覺卻不知道感覺是甚麼的藉口；成為有話要說卻不知道該說些甚麼的藉口。

一個留八字鬍鬚、穿吊帶褲的胖子領著一群他自營私校的小學生來參加我主持的一個跨年電視節目，主題是「新世代另類教育的可能」（看這題目，多麼地九〇年代啊？），和他們一起參加討論的是一位諢號「街頭小霸王」的立法委員。小朋友們顯然是有備而來，劈頭就問這立法委員：「你們這些立法委員一天到晚在立法院打架，難道不怕給我們這些小孩很負面的教育嗎？」

街頭小霸王非常聰明，立刻反唇相稽：「請問你們小朋友如果在學校裡發生了衝突，會不會偶爾也用打架解決呢？」

小朋友不是政治人物，在留八字鬍鬚、穿吊帶褲的胖子還來不及示意的情況下笑起來，點了頭。

「那我們為什麼不可以？」小霸王義正辭嚴地說。

小霸王在將近十八年後還打架，不但打，還在電視節目的錄影現場打，難說他不是個一以貫之的人。但是在十八年前的攝影棚裡，我確實有著深刻而複雜的感受。在意欲譴責國會的野蠻與幼稚的同時，我也想為小霸王的坦率鼓掌。試想：面對那樣一群來勢洶洶且不能逕以威權壓抑之的孩子，除了在街頭當過小霸王的政客之外，誰能以其人之道、還諸其人之身地抵禦那樣尖銳而空洞的道德譴責？

更令我訝然的是那個留八字鬍鬚、穿吊帶褲的胖子，他在接下來的訪談之中提到了他所主張的「新世代另類教育」的核心價值，居然更為尖銳而空洞：「好玩！」

「不好玩，孩子們為什麼要受教育？」

我日後想到這胖子，居然總不免咬牙切齒。這世界上當然還有比野蠻更野蠻、比幼稚更幼稚、比威權更威權的教育。

後來，我是這樣寫的：

那是個靈魂多事的秋天，我妹妹成為她班上最最異端的小學生。她的導師幾乎每隔兩、三天就打電話到家來，說我妹妹過於胡思亂想，而且隨時向班上的小朋友傳遞胡思亂想的思想。其中最胡亂的一則是說：他認為校長室那個禁地一般的房間裡有寶藏——埋了一箱黃金、十具屍體和好幾十頂假髮；校長經常換戴假髮、披上死屍的皮膚，把黃金變成衣服、首飾，然後走到各班級去上課。有時候衣服、首飾穿戴耗時間，來上課的老師就會遲到。爾後果然有一天，一位穿黑色衣裙、裝扮較濃豔的老師姍姍來遲地進了教室之後，有三分之一的小朋友嚇得哇哇大哭起來。

7

《我妹妹》不但出版了，還成為第一本進駐 7-11 連鎖超商販賣的文學書籍，大約販售了十六萬本以後，安民又約我吃飯了。無三不成禮吧？我想，安民恐怕也是這樣想的。

九〇年代尚未央，而我卻感覺出、甚至不耐煩「好玩」所帶來的疲憊了。有人仿效《少年大頭春的生活週記》的體例，在另一份報紙的某個版面上開政治諷刺專欄。又過了幾年，連擬作的少年小說也接二連三地出現在各大出版社的新書單上。

我的演員朋友劉德凱要去了《少年大頭春的生活週記》的版權，另外送企畫、雇編劇、編故事，最後拍攝了一部同名的連續劇。我的另一個朋友李國修也看上了《我妹妹》，為了將這本書改編成舞台劇，他還大老遠跑到我住家的鄉下好幾趟，為的就是確認他親手耙梳、編訂的《我妹妹》年表是否符合原著者的「原始構想」。我完全沒有參與這些看來十分有趣的改編工作，原因很簡單：我不想再為了「好玩」做甚麼事；更具體一點地說：我不想在做一些與我自己接下來的創作無關的事的時候告訴自己：

「試試看吧，好玩嘛！」

那個作者符號「大頭春」必須有個了斷了。我答應安民一個月之內再給他一部稿子——過了十二天，在出版社附近一家名叫「旺年」的小酒館裡，我交稿了，書名叫做《野孩子》。根據多年以後統計出來的銷量，《野孩子》總共賣了不到五萬本，在當時以「大頭春」為名叫賣的市場上，算是徹底的失敗之作。雖然劉德凱還是把版權要去、拍成一部上中下三集的迷你劇；這本書也和《我妹妹》合成一卷，在新世紀之交先後有了英文、法文、日文的譯本。然而，大概就從交稿的那一天起，我終於有鬆了一口氣的感覺；好像跨越了一個打了結的人生階段。

交稿的時候，我是這麼告訴安民的：「在《野孩子》的末了，我想這個『大頭春』是死了，出車禍死了。」

安民十分謹慎地翻了翻稿子：「你沒有寫得太明白就好。」

「可是一個真正死了的角色，怎麼能用第一人稱說出這個故事來呢？」我自言自語地問。

安民忽然瞪了我一眼，捏著稿子，彷彿是怕我反悔甚麼似地說：「我可管不了那麼多了啊，稿子這就算交了，不能不發打了。」

那一天從早到晚，我們喝了個死醉，約好第二天下午還要在同一張桌上校稿。真到了第二天下午，我從頭看一遍打印稿，人物、場景、故事竟然如此地陌生，有如另一個夢境。

故事如何發生？為何發生？以及發生過程之中諸般細節何以能夠彼此支援聯繫，似乎都不是有意主使而成的。《生活週記》如此，《我妹妹》如此，《野孩子》亦然。十五年過去了，這兩本書最初的讀者當年如果還是孩子，如今說不定自己也有了孩子；彼時的青春尚未經歷過現實的磨洗，不論稱之為甚麼八〇年代、九〇年代，都恍如童謠所形容的「一天撕去一頁」那樣輕快、單薄。

不過，一點一滴浸透著生活的光陰則沉重了許多。正當我沒頭蒼蠅似地在台北媒體圈混日子、謀生計、闖江湖的時候，「大頭春」的輕盈笑聲從生活週記裡溢出，但我還不夠敏感，並未察覺那種笑聲不是一個聰明的頑童所獨具的，甚至應該說：哪怕是聰明的頑童也不免會被感染的一種「時代狂笑病」吧——不暇遠慮，就在我每天出沒的工作環境周圍，同一個圈子的文化人用一年一度的「金驢獎」回顧三百六十五天的重大新聞，用《給我報報》仿諷傳播與政治圈的例行荒謬，用「酸甜苦辣留言版」來嘲笑世俗生活的無聊百態，用「腦筋急轉彎」來扭曲、重塑常民的社會語言。大家笑著彼此鼓舞：我們需要一直笑、一直笑、一直笑下去。

我在〈笑的甦醒〉裡清楚地意識到這一點：

類似於此的、並不快樂的笑，或許是我發覺我妹妹逐漸改變的關鍵。那種不快樂也非憂傷或痛苦；憂傷或痛苦似乎過於沉重，而我妹妹那樣年紀的少女即使已經有一種負擔生命重量的心情，卻未必真有那樣的力氣。於是，笑，便成為她們尋找生命之中各種複雜、衝突本質的一把鑰匙。她們笑，人們看見那笑容，往來之間有極其短暫的一剎那，人們誤會她們的笑出於一種快樂；而她們則利用那一剎那去思索快樂以外的情境的意義。

遺憾的是，我永遠無法對現實裡那些滿口為了「好玩」而生活、而工作、而掩飾其淺薄無行的人產生一丁點兒類似的同情。我漸漸意識到：九〇年代就是葬送在這樣的笑聲裡，配合著滿口「解構」、「顛覆」、「拼貼」、「後設」的譫妄術語，而後虛脫得一蹶不振的。

我的一個讀者在書店裡這樣告訴我：「我最喜歡你的《生活週記》，它很好笑，真的很好笑——可是《我妹妹》就不好笑了，《野孩子》也不好笑，越來越不好笑了。」

8

幸虧不再好笑了。否則，我不會在跨越九〇年代之後還能繼續創作。

就在《少年大頭春的生活週記》問世了半年之後，一份由新聞局出版的雜誌刊登了一位我素所敬仰的老教授的評介文字，時間是一九九三年一月。文中有一段是這麼寫的：

讀此週記，深為這十五歲孩子故意的漠然與冷靜感到不安。許多年前的童年，人人都曾受夏丏尊所譯亞米契斯的《愛的教育》影響，書中義大利少年以日記體裁，寫家國之愛、家庭之愛、友伴之愛，對許多人的性情塑造有深潛的助力。而生當今世，大頭春大約不會相信那般單純的愛與信賴吧？

我將這篇評介附錄在《少年大頭春的生活週記》第三版的書後，也留下了給自己的疑問。「大頭春大約不會相信那般單純的愛與信賴吧？」這個疑問很有點醍醐灌頂的效果，否則爾後在〈關於治療〉這一章裡也不會出現這樣的句子：

我何嘗「創造」過甚麼呢？我祇是把貧乏生活裡的一點點這個加上一點點那個；把原本在A時間B地點C人物身上發生的D事件換裝到E時間F地點G人物身上，再添補上少許的H作料，或許是抽取掉少許的K材料——我漏了I和J嗎？那是留給讀者和批評家的想像空間。

繼續創作這件事唯一顯示的重大意義，即是「跨越了一個打了結的人生階段」。我脫離了熟悉的生活圈，卸除了熟練的寫作習慣，更漠然與冷靜地看著九〇年代成為上一個世紀的遺骸，承認自己不但不了解「我妹妹」，也不了解「單純的愛與信賴」，就像我不了解夢一樣出現的作品——作品則總在跟我告別，而我一向是直到與記憶中的歲月重逢之際，回過神來，才明白自己告別了甚麼。

我的禮物

我妹妹出生那年我八歲，你知道的，人在八歲左右什麼倒楣事都會碰上。我得了德國痲疹，之後轉成肺炎，整整有半年多吧？我被扔在我爺爺住的那個破爛眷村裡，我奶奶熬雞湯燴飯加豬肝給我吃，一天五頓，吃到我作夢都會咳出一截雞脖子來。我永遠記得我奶奶齜著兩顆鑲金框的大門牙替我吹熱湯的怪模樣，一面吹她會一面說：「飯前一碗湯，強過開藥方；等你病好了、養壯了，回家就看見你妹妹了。」（那時我妹妹還沒出生，我奶奶對她的性別卻極有把握。）彷彿我妹妹是我乖乖養病的一個獎品。

剛開始的時候，我的確是這麼想的：祇要聽話打針、聽話吞藥、聽話喝雞湯吃豬肝、聽話不趴到窗子前吹風，聽話做一切我不想做以及不做一點我想做的事，我就可以得到一個妹妹當禮物了。直到有一天，我爸爸來爺爺家，帶了幾罐牛肉精、奶粉之類的廢物，我說我要回家，他瞪了我一眼，說：「回家？你妹妹還沒出生你就想害死她啊？」

去年我陪我妹妹去動手術拿掉一個小孩，在那家瀰漫著魚腥和消毒水嗆味的婦科病房裡，我頭一次跟她提起當年我爸爸那句屁話，她青白乾裂的嘴唇咧了咧，道：「你他媽那個時候一定恨死我了。」然後她從床單底下伸出一隻柔軟虛弱的手，抹掉眼角的淚水，又抓起我的手腕，笑了起來：「我一定很可惡的，我一直都是個很可惡的王八蛋對不對？」

王八蛋這個詞兒是我從哪裡學來的？以及我又如何傳授給我妹妹的？我可一點兒都不記得了，我祇知道我第一次用它來指稱的對象是我爸爸。聽見我這麼說話的我爺爺和我奶奶登時異口同聲地吼起來：「你說啥？」

「爸是王八蛋。」我再次聲明。

我爺爺和我奶奶大約是嚇著了，他們從兩張藤椅上彈起來，走到我面前，一個瞪著雙燈泡眼看我，一個蹲下身摸摸我的額頭。之後，他們花了一下午的時間盤問王八蛋是怎麼從我嘴裡冒出來的，以及對我解釋它的來歷。

他們之中的一個認為：王八指的是烏龜，烏龜指的是妓院裡拉皮條的男人，而這種男人經常跟某個妓女是相好的。王八蛋則通常是指妓院裡烏龜和妓女的私生子。如果我罵我爸爸是王八蛋的話，非但我自己成了龜孫子，我爺爺和我奶奶也就順理成章地當上烏龜和妓女了。這段解釋很給我長見識，至少我又學會了什麼拉皮條、龜孫子之類日後經常可以運用的新詞兒。更長見識的是他們之中的另一個認為：王八指的不是妓院裡的烏龜，而是海裡的烏龜。說海龜配了種之後公的就跑了，母的還得管下蛋、孵蛋，母龜照顧不過來，得請旁的公龜幫忙，那不明就裡的公龜往往以為蛋裡的小王八是自己的種，所以還非常盡責，這麼一來，看在人眼裡，公龜就太窩囊愚蠢，而母龜就形同妓女，王八蛋便給人雜種的感覺。

我爺爺和我奶奶為王八蛋的來歷似乎起了一點小爭執，原因好像是我奶奶覺得原先那個一走了之的公龜才是最可惡的角色，母龜讓牠占了便宜、還得生養兒女，怎麼可以把母龜比做妓女呢？再說，來幫忙的公龜算是講義氣的，也不壞，再說，蛋裡的小王八招誰惹誰了？怎麼能比做雜種呢？牠是原先那隻公龜的種嘛，有什麼雜的呢？我奶奶越說越氣，到後來也不知道是在氣公龜、還是氣這套王八蛋說法的來歷、還是氣那個在一旁猛搖頭的我爺爺。總之她說那天她不做晚飯了。

「你何必為個王八生這麼大的氣呢？」我爺爺說。

這是當天晚上破爛眷村裡我們那間破爛小屋裡的最後一句話語，我印象深刻，至今不忘，而且越來越以為我奶奶祇是搞不清楚她該氣誰，卻氣得一點也不「何必」。

在破爛眷村養病的最後一段時日裡，我幾乎已經不再懷抱一絲回家的希望，對父親的怒氣也像雞湯燴飯和豬肝藥粉一樣淡得失去了味道，我甚至忘了妹妹這個獎品。即使當我爺爺興匆匆從醫院奔回家、證實了奶奶對妹妹這個性別的猜測的那一刻，我都不覺得有什麼稀罕的。那是四月十四號，日後許多年我妹妹經常提醒我這個日子。根據那些擅長感恩的人的說法，這種日子是母親的受難日。四月十四也是我爺爺的受難日，他從醫院奔回家來的時候摔了一跤，從此走路需要扶拐杖，並且少了一顆門牙，說話、罵人、唱戲以及上教會朗誦聖詩的時候都顯得有幾分滑稽。

我可以先把我爺爺那整個嚴肅中常帶滑稽的生命情調略而不談，他之所以讓人感到嚴肅中常常滑稽乃是因為他極想要證明自己其實是個非常嚴肅的人，但是每當他往嚴肅裡證明一分，就會相對地將自己滑稽的本質或遭遇暴露一分。你儘可以想像：一張缺了顆上門牙（另一顆也歪了半邊）的嘴裡吐出「哈里路亞」的情景。我在高中時代讀一些拗口又艱澀的存在主義哲學書籍，學會了幾個具有奇特吸引力的詞彙，其中一個是「荒謬」（它十分易於運用在日常生活之中，比「虛無」、「存在性」等方便得多）。是的，荒謬，我那越嚴肅便越滑稽的爺爺讓我體會到巨大無比的荒謬。

而我妹妹，她在八歲那年學會了荒謬這個字眼——並且在課堂上公開用它形容一個拿打火機燒女生辮子的小雜碎。她和我爺爺竟是如此相近又相反的人；她彷彿努力想要證明自己是個很滑稽的角色，但是每當她把自己扮成一個小丑的時候，我反而發現她是一個多麼嚴肅的傢伙。

這樣說是不是太抽象了呢？那麼我可以隨手舉一個具體的例子：我妹妹躺在婦科病房裡跟我說她是王八蛋的那天稍晚些時，她忽然睜大了眼眶，說：「你有沒有發現？剛才那醫生是個鬥雞眼。」我搖搖頭，我當然知道那醫生不是鬥雞眼。「絕對是。」她把眼珠子鬥到鼻根中央，繼續說：「剛才開始的時候他就一直這樣你知道嗎？這種手術動多了，人就會目光如豆。」「你不要逗我，我笑不出來。」「怪了！」她依舊鬥著那雙黑眼珠：「你怎麼也目光如豆起來？」

我妹妹悲傷過嗎？這是個多麼幼稚的問題。在我更幼稚的時候，那是差不多十九年前，剛從爺爺奶奶那裡回到自己的家，看見我媽躺在床上，懷裡抱著嚎啕不止的小東西，她的眉眼口鼻完全縮聚到顏面的正中央，旁邊紅腫的臉頰則布滿了皺紋，頭頂上方還露出一塊隨時起伏抽搐的肉皮。

「你妹妹。」我媽說。

一個悲傷的妹妹。

我爺爺可不這麼想，他花了好幾天的工夫，翻查過許多書籍，為我妹妹取了一個象徵快樂的名字：君欣。我爺爺神祕兮兮地從白布衫口袋裡掏出那張寫著命名的小紙片，抖著指尖揭開摺頁，然後把它攤平在茶几上，立時，我奶奶、我爸爸、我媽還有我媽懷裡的我妹妹和我，幾個人的腦袋全攏到一處去了，大家不約而同地唸出聲來：「君欣。」

「君欣。」我爺爺還不太習慣說話會漏風的嘴，所以不時要勉力地用上唇往下蓋，這讓他看起來像一條接吻魚：「有典的。這個典從何而來呢？它是從《楚辭》裡來的。《楚辭》〈九歌〉第一章是『東皇太一』，這『東皇太一』是誰呢？『東皇太一』是神裡的神，神裡的這個（他比了個大拇哥），所以說：吉日兮辰良，穆將愉兮上皇。說這是個好日子，我要非常非常嚴肅地——可不是隨隨便便地啊！讓上皇高興，也就是讓上帝高興。這個——」

「所以叫君欣。」我奶奶岔過來一面滿意地作了結論。

「你急什麼？」我爺爺迅速地嘬了一下上唇，再往下蓋了蓋剩下的那顆門牙，道：「所以後頭才有這兩句：五音兮繁會，君欣欣兮樂康；君欣欣其樂康。」

「所以叫君欣。」我奶奶再一次補充。

「君欣。」我爺爺說。

君欣在這個時候接連打了幾個噴嚏。等到我對抱小娃娃這一類的事稍稍熟練以後，才知道那是由於她尿濕了屁股的緣故。通常打完噴嚏一陣子，如果沒有哪個懂事的大人及時為她換過尿片，她就會悲傷地大哭起來。

天氣轉涼之前，我重返學校，變成三年級的小學生，課室也移到隔了條小街道對面的校區去。在我們的樓下，是音樂班那批家裡非常有錢的天才兒童經常出沒的琴房，琴房再下去一層則是幼稚園、托兒所以及他們所擁有的小鞦韆、小旋轉椅、小滑梯、小鐵架和一個我們稱之為地球號的小小圓型鐵籠。地球號是我們這些既不富有、又不天才、並且已失去幼童專寵特權的「三年級普通班大哥哥們」的一項祕密武器。我們經常守候在鞦韆架後面的草叢裡，要不、就是走廊邊的洗手槽底下，等那些一天到晚演奏巴哈、孟德爾頌或莫札特的天才或幼稚園裡嘰嘰喳喳的小鬼鑽進圓鐵籠之後，便一窩蜂衝上去，嘴裡喊著：「地球號要起飛嘍！」

我們竭盡全力飛快地轉動地球號，一秒鐘也不停，鐵籠裡的孩子最初還笑著、鬧著，隨即他們就發現情況不妙了。我們是一群孔武有力的外星戰士，我們有施展不完的魔力，我們推動整個地球，讓它以超音速、超光速、超越一切一百倍、一千倍、一萬倍、一兆倍的速度旋轉再旋轉。我們流著汗，推動一個在惡意下飛向宇宙盡頭的世界。然後我們聽見吶喊聲、吼罵聲、哭聲。多麼悅耳的哭聲。地球號裡脆弱的世人伸出手來搥打我們、向我們吐口水、詛咒我們全家和祖宗好幾代，我們卻因此而獲得更大的快樂。上課鈴響的同時，我們還可以啟動體內殘餘的、更大的能量，使地球號旋轉得再快一些。於是我們在鈴聲的掩護下，還擁有了一支歌謠：

「地球號、地球號／帶你爸爸去幹炮／帶你媽媽去上吊／地球號、地球號／帶你爸爸去幹炮／帶你媽媽去上吊……」

在這樣的惡作劇當中，沒有誰會把那麼下流的歌謠視為認真的咒辱。但是，冬天到來之際，坐在我們班最後一排的沈家德退出了外星戰士的行列。此後他總是穿高領的套頭毛衣，直到下學期結束轉學消失為止。我們在五年級、也許更晚一些的某次家長會後才聽說那件事：沈家德的爸爸真的和別人幹炮去了，而沈家德的媽媽就在我們三年級的那個冬天帶著兩個小孩一起上吊，祇有沈家德被救活過來。

我們共度的最後一個寒假之中，我抱著我妹妹到學校裡玩，看見沈家德一個人坐在地球號裡，努力地想要轉動鐵籠，但是地球號祇是輕輕地晃晃，並沒有起飛的意思。

「幫我推一下。」他說著，順手把我妹妹接過去。

當時我妹妹戴著毛線帽，穿一身毛線衣、毛線褲、毛線鞋襪，外頭還罩著棉襖和棉毯，被他摟在懷裡，活像一綑大包袱；尤其是當地球號有了一點速度的時候，從外面看進去，就像是沈家德抱著一堆行李，準備出遠門那樣。

「你妹妹幾歲？」在航行途中，沈家德問我。

「快十個月。」我一面說著，一面攀緊赤道橫槓，兩腳離地，順勢飛起來。

「比我妹妹小多了。」

「你妹妹幾歲？」

「在地球上六歲，在海王星上三個月，海王星上一天等於地球上一年，所以我妹妹快一百歲了——你再轉快一點，我們現在馬上要經過火星了，下一站是木星，要小心太空隕石，方向不要搞錯。再往右舷偏零點七五度。」

地球號穿越土星的時刻我妹妹哇啦哇啦大哭起來。我跳落地面，讓地球號自動減速。甚至我還猛伸手攔住那根紅色的子午線幫它煞住車。

「我們本來快到了你知道嗎？」

我沒理他，一把攫過我妹妹，拍著、哄著。

「你妹妹像一粒肉糭！」他忿忿地說。

「你妹妹才是肉糭！」說著，我踢了地球號一腳，它轉起來，我接著又踢了幾腳，它轉得有速度了。沈家德正要鑽出來，又給嚇得縮了回去。

「你王八蛋！」

「你龜孫子！」我拔腳衝出校園，一路朝家跑，我妹妹不知什麼時候止住了哭，定神觀察著我的臉，在臨近家門口的時候，我放緩腳步，她笑了起來。那是我有記憶以來第一次看見她笑，我再也不曾忘記那笑容，那笑容使我重新感受到擁有一個活生生的人做禮物或獎品的快樂。接著，我的禮物狠狠吐了我一頭一臉的奶水。

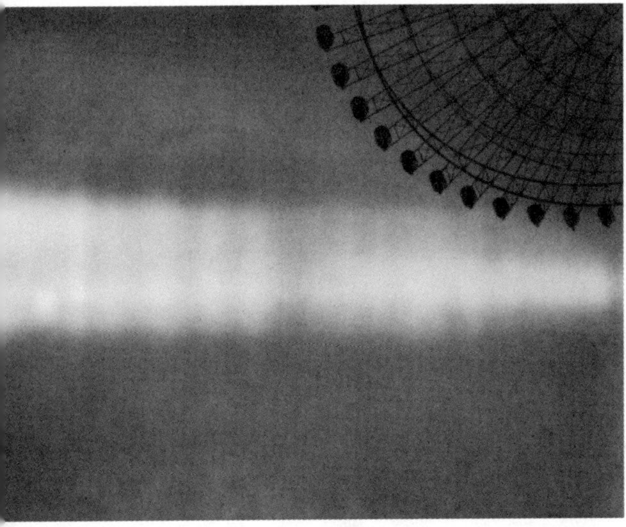

和歌

我妹妹說話學得晚，印象之中，好像我奶奶總是唉聲歎氣地唸著：「她怎麼還不講話啊？」的確，我妹妹剛剛來到這個世界上的前一兩年彷彿祇會吃、喝、拉、撒、哭、笑、睡以及嘔吐。

我上了高中。那時全世界最偉大的人是雷根。我爸爸的偶像葛麗絲．凱莉出車禍嗝屁了。我爺爺開刀割除白內障，經常把護士替他保存下來的一顆黃豆般大的水晶體拿出來給親戚朋友開開眼界。而我則交了有生以來第一個女朋友，她教我認識沙特和他的《嘔吐》。事實上她是這樣開始的：

「你知道卡繆嗎？或者沙特？」

「是那個賣花生的美國總統嗎？」

如果那馬子有心結識一個可以和她交談哲學的朋友，照說她該掉頭就走才對，但是她沒有，她極有耐心地向我解釋：卡繆加上沙特並不等於卡特，還唸了一段《嘔吐》給我聽。直到我日後開始認真讀書，也許甚至要到我讀完研究所、進入部隊服役，在某一天的莒光日電視教學節目上看見那馬子在教授軍法常識的課程，我才相信：當初她並不是要和我交談，她祇是以我為實驗教學的對象。

「一切都毫無意義——」她唸道：「這花園、這城市，以及我自己。一旦你認識到這一點，它會使你反胃、暈頭轉向，這就是『嘔吐』。」然後她闔上書本，閉起眼睛，沉思起來。我坐在距離她不及半尺的石椅上，望著夕陽映照之下迎風翻舞的荷葉，覺得真是不錯：這座植物園和整個城市一點意義也沒有，我自己也沒什麼意義；有意義的大概祇有這管馬子，她的臉上、脖頸上長著柔細泛金光的絨毛，眼袋底下遍布著一顆顆的雀斑，看了讓人暈頭轉向。

「你懂『嘔吐』的意思罷？」

那時我才高一，沒有醉酒的經驗、不曾染上抽菸的惡習、沒看過血肉模糊的恐怖片，也尚未罹患過敏性鼻炎，除了幼時被我奶奶逼著灌下一些惡苦難以下嚥的抗生素藥粉和藥水之外，我實在不該說我懂什麼嘔吐不嘔吐的。

「當然懂，我是說大概懂吧。」我說。

之後發生了什麼？我一點印象也沒有了。然而人的記憶又是多麼令人煩擾的一種能力？此後每當我看到風中的荷葉、石製的休憩椅、我妹妹或任何年輕女子臉上、脖頸上的細絨毛乃至於有人醉酒、暈車、害喜……我都會想起沙特。

倒是莒光日電視教學的那一次，我從昏昏沉沉的瞌睡中醒來，看見為我啟蒙存在主義思想的馬子正在讜論法律和倫理的關係的時候，我竟然壓根兒忘了老沙特和他年輕的理論，我想的卻是我妹妹。

我妹妹上國中之後不久教育部開放了髮禁，她可以隨心所欲地整治她那一頭又黑又亮的髮絲，並且很有信心地發表她對我「以前的馬子」的意見。

「你以前是不是交過一個滿醜的馬子？臉上長雀斑，頭髮理到這裡（她用手指比畫一下耳垂的上方），話很多的。」

我說我不記得了。她說她記得很清楚。那馬子曾經跟她說過一個故事：有一個國王和一百個王妃打賭，國王要一直不停地輪流跟每一個王妃說故事，說到每個王妃睡著為止。如果有一個王妃撐下去不肯睡，國王就要讓位給她；如果所有的王妃都睡著了，國王就可以長生不老，永遠統治這個國家。

「那後來呢？」我問。

「不知道，後來我睡著了。」

我在部隊大禮堂裡愕然醒來的那一刻，絲毫沒有被法律和倫理的議題吸引，我祇能集中剛清醒的精力去追憶我妹妹略帶輕蔑的眼神，帶著那種眼神，她開始一個新的遊戲，那就是批評我的馬子們。她批評她們，也探索著她們和我之間的種種：言詞出乎任何人意料的犀利，讓人無法把她和那個幾乎被當成啞巴一樣看待、憂慮了一、兩年之久的小娃娃聯想在一起。

我妹妹還沒學會說話的那些時日裡她究竟想些什麼？感受些什麼？察覺些什麼？認識些什麼呢？這些恐怕都是永遠的祕密了。她的沉默其實是非常有力氣的一種狀態，她不會說話，可是我們沒有辦法證明她是真的不會、或者祇是不願意說話。反而我們這些大人——是的，大人，那時我在九、十歲之間；經常可以感覺到她不把話說出來乃是緣於一種輕蔑。她不說，總是在大人意識到的關鍵時刻打嗝、傻笑、啼哭、睡著還有——當然，最具震撼效果的；嘔吐。

那時她經常重複一種動作：把一個較小的東西放進一個較大的容器裡去。把奶嘴塞進嘴裡、把奶瓶扔進垃圾桶裡、拖鞋放進魚缸、鑰匙丟進拖鞋。我們更隨時可以在茶杯裡發現她的金牌手環、在菸缸裡找到爺爺的假牙、馬桶裡撈出唐老鴨、在任何張口的罈子、罐子、桶子裡摸到任何你找了很久的失物。

關於這種瑣事，佛洛依德那樣的老變態是很可以有點說法的。巧的是我爸爸當時被報社的主管調到某個據說非常之不重要的版面去跑醫藥衛生新聞，於是他認識了許多醫生（其中一個陳大夫在不久之後宣布我妹妹可能是自閉兒），我們全家——包括我爺爺和我奶奶在內，從而也認識了佛洛依德。

佛洛依德初來我們家時的確造成了某種慌亂。我爸爸必須同時教育我和我爺爺認識好些詭異的學說，那些學說連他自己也一知半解。比方說：一個叫伊底帕斯的人無意間殺了自己的老子，娶了自己的親娘。我爺爺認為能說出這種故事的一定被撒旦迷了心竅。我認為滿過癮的，可是我不敢表現得太高興。我奶奶說人糊塗了自當會做壞事，那可是靠不住。我媽根本對故事沒興趣，她正忙著從什麼東西裡面找出一個什麼東西。我妹妹嘛，如果我記得不錯，她應該是斜睨著一雙原本十分閃亮的大眼睛在一旁打嗝。

我爸爸迷上佛洛依德的論點使他對我妹妹有了屬於知識面的興趣，他花很多的時間觀察（應該說是窺伺）她的活動，再把那些簡單的活動解說得迷人而複雜。我妹妹吃大便的事就是最好的例子。

我當兵的時候寫過幾封信給我妹妹，其中一封有感於一次打野外拉野屎卻忘了帶衛生紙而不得不拿樹葉應急的窘狀，我便在信中回憶起當年和我爸爸眼看她用手指揩下一抹滲出尿布邊緣的大便且放進嘴裡的情景，我愉悅地在信中調笑著她，以致肆無忌憚地在下一段裡這樣寫道：「你吃屎的那一刻，天崩地裂、風起雲湧、鬼哭神號，第二天報紙出來，居然發布蔣公死了，哀哉！」

我並沒有胡扯。那天的景象確乎如此。我幾乎嚇傻了，我媽媽尖叫著從臥室裡跑出來，說：「天氣變得太怪，好像有鬼！」我爸爸則極其專注地盯著我妹妹吸吮指尖大便的模樣，一個字一個字緩聲說道：「佛洛依德對極了！她現在正在透過唇快感區來重享肛門快感區的樂趣。」

可是部隊裡負責檢查信件的保防官卻不認為我妹妹吃大便的事有什麼好笑，他更不知道我爸爸那樣一個在自身權力意志備受壓抑的狀態之下是如何將注意力轉移到對幼兒性欲活動的視察和研究上去的，他祇關心一件事：我為什麼要把蔣公和吃大便那麼令人作嘔的事「放在一起」？

「我沒有。」我辯解：「那是以前真正發生的事情。」

「我可以把你報軍法，判你汙衊國家元首！你知不知道？」

我妹妹一直不知道我差一點當兵當不完，她也一直沒收到那封被攔截下來的信。在我被關入禁閉室的那三個星期裡，我才真的體會出人可以不講話，而不講話可以是一種很有力氣的狀態。

那個曾經判定我妹妹是自閉兒的陳大夫在我禁閉期間經常來到我的白日夢裡，他還是我八、九歲時初識他的那副德行，白皙的臉皮、白皙的手，連鼻孔都給人一種白皙透明的感覺。我的白日夢有時也在半夜發生，他不時打從窗前踅過，且喃喃地對我說：「你快要瘋了。」

我好端端的，怎麼會瘋呢？我問他、也問自己，然後開始冒汗，汗出完了，我偶爾還會哭，因為我永遠不會忘記——我也極度擔心我永遠不會忘記；為什麼我不會被判軍法。保防官之所以放我一馬，是由於我給他下跪了。我非常乾脆地雙膝落地，像廉價電視劇裡面真誠懺悔的每一個兒子，跪落，膝行上前，讓保防官伸出慈護的雙手，兜住我求救的臂膀。「快起來，聽話，快起來，聽話呀……。」他說。而同時我在心裡侖他，也侖我自己。

於是我在禁閉室裡蜷縮著身體，嘔吐起來。

假如佛洛依德對這種嘔吐也有點說法，那會是什麼呢？我記得的情況是：我把吐出來的穢物一把一把地抓起來，扔進抽水箱已經有些失靈的馬桶裡去，馬桶下水喉發出「吼嚕吼嚕」的聲響，片刻之後，我們都沉默下來。

我是潛意識地想要清滌自己什麼嗎？我在懺悔嗎？我在利用人性之中那一點對於倫理儀式不可抗拒的脆弱情感來欺騙一個熱愛前國家元首的老蠢蛋嗎？我懦弱得不能承認自己十分懦弱嗎？我快瘋了嗎？

在我從未意識到自己也有瘋狂之可能的時候，我妹妹上了國中，留起較長也較美麗的頭髮，有一次、不，有好多次她問我：「你交了那麼多馬子，都是你在跟她們談戀愛，還是她們在跟你談戀愛？」

「什麼意思？」

「就是說，就是說，呃，就是說你在談還是她們在談？」

「什麼意思？」

我妹妹幾乎問不下去了，最後她勉強迸出一句：「是你說她們聽，還是你聽她們說？」

「什麼意思？」

其實我早已經明白了她的意思，她在提出一個她當時還不太能體會、然而確實存在的疑惑：國王要一直不停地說故事、說故事、說故事；妃子們祇能聽、聽、聽，然後沉沉睡去。說話的人要無休無止地說下去，以確保他的王位。

我在瀕臨瘋狂的邊緣，才約略懂得這個道理。那時我已經吐得一乾二淨，卻也才感受到體內的骯髒，以及一切的毫無意義。

「有什麼意義？」這是我妹妹在她兩歲半那年說的一句怪話，那是一九七六年十月左右。我們這個小家族的成員都忘了她這話的上下文是什麼，但是她會說話這件事，令每個人記憶深刻，大家都放心了。我有了個正常的妹妹；她能說、能聽，而且一直到很久很久以後，還能讓這兩種能力幫助自己認識整個世界對她而言是多麼的瘋狂、多麼的不公平。

新人類女士

我妹妹上了高中以後，忽然對兩性地位之平等與否這一類的問題產生極大的興趣。她每次寫信到我服役的軍中，都不免要深刻地分析著我在前一封信裡的遣辭用句，並竭盡所能挖掘出埋藏在我意識形態裡的問題——說那是「問題」還客氣了些，應該說是錯誤與罪惡。從那個時期開始，我經常懷念我妹妹小時候的一切——她從前的裝扮、神情、聲調、態度甚至模樣。

從前再從前。她剛上托兒所的時候，喜歡穿一種碎格子布裙，黃白相間、紅白相間、粉白相間、藍白相間……總之是雙色相間，每個格子不過指甲蓋兒大小。我媽也是格子裝，母女倆總打扮成同一個廠牌的香水瓶那樣，一大一小，除了尺寸不同，規格堪稱一致。大的常摟著或牽著小的在你想像得到的任何地方閒逛，超級市場、小公園、街道的騎樓底下、遊樂中心……即使是雨天，我家前後的陽台也是很理想的伸展台。我媽喜歡聽人家說：「看那對母女，好可愛喲！」這話就算沒說出口，人們的眼神也透露得很明白，我媽愛極了這調調兒。「可愛得很！」我爸爸也常講，當時我們誰也不知道他已經幹上那個喜歡穿菱形網格黑絲襪的女畫家。

「可愛得很！」我爸爸說：「很像侯諾瓦那幅《邋鞦韆的女人》，真的很像，很可愛。」他在說「侯」字的時候喉嚨裡好像有一口痰，後來我知道那是法文，發音的部位名稱是小舌。我發這個音發得很準，令一位在研究所任課的語文教師印象深刻，我從來沒向他解釋過我在小學時代跟我爸爸學過小舌音的往事。

我妹妹常跟著我媽在小公園裡邋鞦韆倒是真的。我媽每天下午下班之後上托兒所接我妹妹，她們先去超級市場，再到小公園。從我上課的三樓教室朝圍牆外望下去，常可以看見她們。通常那都是在黃昏時刻，我還在補習珠算、心算和作文。

有一次我在一篇作文裡寫我妹妹，我形容她很漂亮、很聽話、很像一個小公主。文中除了她的音容笑貌略近真實之外，我還胡謅了一些情節——那純粹是為了應付老師對作文篇幅「不得少於三頁」的要求而寫的；我說我妹妹有一次盪鞦韆盪得太高，不小心摔下來，跌得腦震盪，多虧我爸爸、我媽媽還有我三個人的悉心照料，才逐漸康復起來。天知道我有沒有悉心照料過我妹妹，然而我是多麼多麼地喜歡處身於照料我妹妹的地位，喜歡的程度可能不亞於我媽之喜歡把我妹妹打扮得和她一模一樣罷？

會照顧妹妹意味著什麼呢？當然，意味著我已經長大。我原先想必是不喜歡長大的。長大到三年級表示我要到另一個教室去上課，那得爬三層樓，還得忍受二樓琴房裡不時傳來的音樂班天才兒童的拙劣練習聲。長大到五年級表示我要留校參加自願補習，眼看著中、低年級的小鬼在校內校外玩耍笑鬧。長大到國中以後，那一定是某種噩夢了，而我一直相信我活不了那麼久。不過，最可悲的是，即使祇長大到比你妹妹大一點點，你的家人也會一而再、再而三地提醒你：「你是哥哥了，做哥哥要有做哥哥的樣子。」

什麼是做哥哥的樣子？我的答案很簡單，就是承認自己不能再撒嬌、要賴的事實。幾乎也就是在接受這個事實的那一刻，我認識了自己的性別。那個「必須」照顧妹妹的性別。有些時候，為了證明這個性別，我還會特意找幾件照顧我妹妹的事來做做。

比方說：打架。如果你要把打架看得廣義一點也可以。我妹妹念高二的那年就曾經利用上課時間寫信給正在參加師對抗演習的我說：「不知道在接到這封信的時候你們藍軍、紅軍之間的架打完了沒有？」

老實說，我讀那信的時候笑了，但是笑得有些傷感。當時我們這一連人剛回駐地，外面下著傾盆大雨，室內的一百多具七天七夜未曾洗滌的軀體散發出糅雜著泥汗惡臭的高溫，我得時時用指尖拂去眼鏡鏡片上的蒸汽，才能辨認出我妹妹眉飛色舞的字跡。在那一刻，我著實有重返舊日時光的渴望；我多麼懷念我妹妹從前再從前還能衷心感激我為她打架的遠古時期。

那時她紮著格子布頭巾，穿著格子布連身裙，牽著我的手回家；她已經進幼稚園了。幼稚園在我小學時代天才兒童們練習巴哈小步舞曲的樓下。教室外的小操場上還一直保留著那座被我們稱作地球號的地球形鐵籠。我妹妹經常在地球號旁邊的滑梯附近等我從兩條街外的國中下課。我則經常在那兩條街的行程中幻想有人膽敢欺負我妹妹（例如把她推下滑梯或放進地球號裡再快速旋轉……之類的）。而那樣的幻想畢竟有實現之一日——一個放學之後留校補珠算的五年級小鬼被我狠狠揍了一頓，原因是他在溜滑梯的時候衝撞了我妹妹的屁股。

我妹妹日後非但強烈質疑男人打架或發動戰爭之類的事，她甚至根本不記得我「為她」揍了不祇一個人，也在那些大大小小的戰役中被敲斷了半顆犬齒。

不過，或許我記錯了。那半顆犬齒也可能該記在一個叫小琪的馬子的帳上。好像那一次的戰場是西門町，而我遭遇的對手則是幾個霸住窗口把票買光的黃牛。黃牛之役給我不少教訓：首先是我跆拳道兩段的頭銜有點掛不住，顯然我的實力僅止於對付對付沒有還擊之力的木板和瓦片，要不就是在一定的規則束縛之下的搏擊對手。其次是小琪對我使用暴力的指控，因為在混戰中我的迴旋踢掃中了她的後腦勺。此外，我還深深體會到「害怕」的滋味。發起戰鬥之前和戰鬥進行之際，我血脈賁張，不能作任何思考；然而戰後，我有太多的時間可以回憶。關於暴力的回憶——相信我；永遠比暴力本身教人害怕得多。我在好幾年以後開車行經西門町，突然意識到年輕氣盛的自己差一點被捅了扁鑽，渾身上下竟不由自主地顫抖起來。難怪我妹妹在給我的信上曾經一再地聲明：戰爭祇能證明男性是會恐懼的動物。

我妹妹的女性主義時期並沒有維持太久（它恐怕比我學跆拳道的時間還短些）。那一日結束了師對抗之後，我在亂糟糟、臭烘烘的營房裡讀到另一封信，是國防部批下來的公文，文中指示：我已經通過教官甄試，將可離開部隊，轉赴一所士官學校擔任教職。履新之前，我有五天的假期，我利用前三天和一管剛結識不久的馬子到溪頭拚命幹了幾回，第四天回台北，從我爺爺和我奶奶那裡聽說我爸媽離婚的事。

當時我一個人坐在客廳裡，掛上電話，想像著我爸爸和我媽媽各自在忙碌的情形。黃昏已經降臨了，他應該在燈火通明的報館裡翻看著許多寫了或印了字的紙張，而她大概還在附近的超級市場裡翻看著一些比較新鮮或更新鮮一點的魚、肉、蔬菜。我想像著他們極可能差不多的肢體動作和表情，想了很久，並且想不起比荒謬更適合的形容他們的字眼。然後我妹妹吹著口哨、揹著書包晃進來了。她沒開燈，但是我想她早已從半掩的屋門和我頭戴軍帽的剪影發現我回來了，她大約是捨不得吹得正起勁的那首曲子，所以連招呼也省了。

「他們還是分了？」我說。

她「嗯」了聲，繼續吹。

「荒謬。」

我妹妹吹完那曲子之後才在黑暗之中應了我一句：「對媽比較好。」

「你少給我來你那一套女性觀點。」我用力把帽子摘下來，頭皮一涼，祇好隨手又戴上。

「這禮拜起我已經不想談什麼女性觀點了。」她笑了笑，扭開燈，道：「沒意思，搞得人緊張兮兮的。」

她的確有好一陣子把我搞得緊張兮兮的。前不久打野外的時候，倘若有弟兄唱那首「我有兩支槍／長短不一樣／長的打共匪／短的打姑娘」，我就會從骨子裡感到尷尬，彷彿在褻瀆著什麼似的。但是不到一年——而且就在我爸爸形同遺棄我媽媽的這個時刻，她居然像數落某款衣服已經「退流行了」那般輕盈起來。在我還來不及思索這轉變意味著什麼的時候，她猛然跳到我懷裡，雙手勾住我的脖子，兩隻黑閃閃的瞳子裡各有一張已然凸透變形的我的臉：「跟我講你最近交的那管馬子的事。」

她已經有不少時日沒使用過馬子這個字眼，我也以為她徹底覺悟到這個字眼裡「埋藏的男性意識形態的錯誤與罪惡」。於是我輕輕撥開她的手腳，告訴她我所以為的。那些錯誤與罪惡呢？

「有什麼意義？」她拿那句在她兩歲半時便熟極而流的口頭禪答覆我。之後她忽然又想起了什麼似地彈起來，跳開，吹著先前那支口哨曲，四肢關節有如該上油未上油的機械曲柄一般扭出一種舞步。像個懸絲傀儡。最後她擺了個又似殭屍又似鐘樓怪人的姿勢，說：「而且我喜歡隨便說話。」

照說我應該覺得慶幸才對，不是嗎？我妹妹往那種令男人有芒刺在背之感的女性主義鬼門關裡繞了一圈又還陽了，又開始變得可愛、俏皮、不咬文嚼字吹毛求疵了，我又拾回一個正常女孩當妹妹了，真可謂夫復何求！然而，當時的我猶似那年開車重回西門町，意識到自己差一點吃扁鑽的情形——我突然害怕起來。直覺地我腦中閃過一個念頭：我妹妹離我又遠了一些。這比我爸媽破碎的婚姻更令人恐懼。

我爸爸在那段時間裡已經正式搬出去和女畫家同居，我猜想他們偷來偷往這十幾年下來再同床共枕也早就筋疲力盡而淡乎寡味了。真正令我意想不到的事發生在我退伍之後，我妹妹躺在一張婦產科骯髒病房的骯髒床單上，為了逗我開心，告訴我一個「悲情寫實爆笑大鬧劇」的消息：「我們的那個爸爸要開畫展了！」

這確實是令人想笑得肝腸寸斷的消息。我爸爸還寄了張請帖給我妹妹，那也是我妹妹有生以來第一次被稱作「女士」，她才十八歲，有三個月當未婚孕婦的經驗。在被稱作「女士」之前一年多，她還認為這個已頗具傳統的尊稱可疑得很，不過她變了；就像許許多多曾經在她生命中留佇又飄逝的事件、信念、活動、人物、夢想以及感情，她在還沒有能力抓住什麼的時候，就不想要了。「有什麼意義呢？」她會說。

我戴著軍帽和她談論我爸媽離婚與女性觀點的那個晚上，我們和我媽一道吃了超級市場裡供應的生鮮速食火鍋，飯後我像從前再從前那樣，牽著她的手走過小公園，繞經如今看起來不及巴掌大的小學校區，沿著河堤我們又走了幾個小時，一直走到尚未拆遷的破爛眷村，那是我爺爺和我奶奶相吵相打了幾十年的地方，我們誰也沒想要去的地方。一路之上，我問我妹妹記不記得和我媽穿一式一色的頭巾和裙子？她搖頭。我問她記不記得在小公園盪鞦韆？她也搖頭。我問她記不記得在幼稚園的滑梯上等我接她回家？她又搖頭。我原以為她不記得這麼些事情會感到赧顏或什麼的——也許我潛意識地想要逼迫她為自己的輕忽健忘而赧顏也說不定；有極短暫的一陣子，她垂臉朝地，把個腦袋搖得好似波浪鼓一樣，我還真以為她羞慚得哭起來了，結果她突然揚起脖子，一臉粲然的笑意，說：「奶奶之絕的，她買了一個任天堂的麻將伴侶卡帶，每天都要打到三更半夜，非把裡面的四個女人衣服都脫光光不可。」

我奶奶對付麻將電玩的確有一套，那天她表演得盡興，還替我們一人下了一碗麵條，我們誰也沒提我爸爸。我爺爺在睡夢中喊了幾個名字，聽起來和我們家人一點關係也沒有。我吃完麵，把肘子架在八歲那年被禁止趴上去的窗台，很久很久，沒有任何往事流過腦海。也祇有在那時候，我才感到我妹妹之健忘是一種境界，她是另外一種人類，我恐怕再也不會了解她更多一些——即使她親口告訴我種種關於遺忘的祕密。

初戀

我妹妹遺傳自我爸爸性格裡最明顯的部分應該就是那種對於瑣碎小知識的充沛熱情。她很容易被一個其實一點也不重要的道理打動，也因而很容易愛上一個比她多知道一點毫不重要的道理的人。她在六歲那年先後愛上黃安邦、呂勇樹、我爺爺和陳佩芬。等她念了國中以後偶然提起陳佩芬來還會說：「那個差一點讓我變成同性戀的人。」

這種在我看來怪異得近乎病態的求知欲望極可能促成了我爸媽的婚姻。那是在大約二十八年以前發生的事。我爸爸還在一家小報館幹實習記者，我媽媽則在某國立大學念她的醫科，並立志做業餘攝影家。三月中旬的最後一個週末，她帶了一架新買的堪農照相機到陽明山拍櫻花，看見一輛滿載著乘客的遊覽車從山崖上墜落。據說當時她不知道為什麼就把鏡頭對準了壓撞得扁扁的車體，按下快門。她隨身攜帶的兩卷底片裡祇拍出了兩張櫻花，其餘全都是扭曲破碎的金屬、玻璃、蒸騰的焦煙以及被擠壓焚燒的屍體。那輛遊覽車上一共塞了九十一個去遠足的小學生和五個大人，活著的、死了的大都在他們極度驚恐和疼痛的那一刻被攝入我媽媽的鏡頭裡。車禍事件發生一個鐘頭，我爸爸認識了我媽媽，他取得那卷底片、把它沖洗出來，在小報週日版的畫刊上登了。之後我媽媽再也不肯拿起相機拍任何東西，也再不能冷靜地面對手術檯上冰涼僵硬的屍體。不過，她早已吸收了的有關人類身體和生理上的知識顯然足夠應付我爸爸的需索了。

他每天上午跑新聞，下午跟我媽媽約會，晚上把這一天之內的種種收穫編織在一起，很寫出幾篇像樣的稿子來。這些稿子的剪報和所有他寫過且刊登過的東西都由我媽媽收藏著。她用那種祇有外科醫生才具備的精巧手藝剪了貼、貼了裱、裱了再裝訂，留下我爸爸挖掘世人祕密的豐富成績。偶爾我會翻讀那些文章，可以立即辨認出文中那些涉及自然科學專業知識的內容出自我媽媽的教誨。我媽媽教誨我爸爸的約會持續進行了幾個月，在八月份的某一次約會中，被求知欲激昂起來的性欲鼓舞著一大隊精子射入我媽媽的體內，而我，應該就是那一次去遠足的精子中唯一的生還者了。

一九八〇年，我升上國中三年級，體內擁有了屬於自己產製的精子，老二上方長出一片呈倒三角形分布的稀疏絨毛，又在健康教育課本中得知老二之所以變硬是因為海綿體充血的緣故。海綿體早在我小學時代就經常充血，它並不像書本上寫的那樣「由於性欲的刺激」而膨脹，反而常常在我騎腳踏車、溜滑板、跳繩的時候悄悄壯大起來。國中二年級，歷史課本裡描述抗戰期間「共匪乘機坐大」，我想我的老二無端勃起就是一種乘機坐大的表現；它不一定祇能接受性的刺激而已。

性——作為一種本能和一種知識；的確足以讓一個十四歲的少年既耽溺又不安。我的同班同學呂勇樹曾經為我啟蒙了這方面的神祕樂趣和焦慮。

「如果你能尿得比你的身高還要遠，才算正常，正常的意思你懂不懂？」呂勇樹告訴我。他比我高半個頭，而且，尿起來也比我「正常」得多。然後他教我「變正常」的方法——在打掃清潔區域的時候，他用五根手指頭攢住掃把柄，上下摩擦著，一面說：「回家多練習就好了。」

我不太記得究竟是我先學會操練我的老二呢？還是先成為陳佩芬的家教學生，但是在此之前好一陣子，我家隨時可以聽見「黃安邦」這個名字。黃安邦是我們班的天才。據說他在小學時代就這麼天才了；每次月考都全科滿分，會拉小提琴，能代表參加演講比賽、書法比賽、作文比賽還有各種能上升旗台領獎的比賽。對於這種人你能怎樣呢？你祇能把他想像成外太空派來潛伏在地球上的超人，然後邀請這位超人到你家來為你唱生日快樂歌。

我升上國三之前的那個六月底，一切考試完畢，我媽媽安排了班上同學到家來為我慶生。「把你的好朋友都請來玩。」她說，隨即在印了全班同學排名的前次月考成績單上勾出前二十名應邀賓客。還好呂勇樹那次考十九名。

第一名的黃安邦來到慶生派對現場，下跳棋宰掉我妹妹和一個我忘記名字的白癡。下象棋贏了祝友華和我爸爸。祝友華氣得提前走掉，順手帶走了他原本要送我的禮物。黃安邦還提議下圍棋，可是連我爺爺都不會下那種棋。他衹好表演拉小提琴、寫毛筆字；琴曲是令我畢生難忘的《胡桃鉗組曲》，大楷寫的是「壽比南山」。最後，他還為在場所有的大人和小孩上了一課「恐龍的分類和滅絕的原因」。那天我妹妹把最大的一塊蛋糕切給黃安邦，還祝他「生日快樂」。黃安邦臨出門的時候跟我妹妹說：「小欣欣再見！」我妹妹撇頭鑽進我媽媽懷裡，感受到巨大的離愁別緒，慟聲一哭。

有感於黃安邦的無所不能，我媽媽想出了為我請家教的主意。於是愛穿短裙、紮馬尾、有著潔白肌膚、偶爾微露乳溝的陳佩芬從此走入了我操練老二、使之正常化的幻想之中。

依照呂勇樹的研判，陳佩芬斷然不是處女。處女的兩道眉毛之間會生出幾莖色澤較淺的短毛、鼻頭的軟骨完整而不曾分裂、腳跟踮起的時候小腿部分並無肌肉繃緊的紋理……「而且處女第一次跟你幹的時候會把你夾得痛死。」呂勇樹說這話的那天鼓勵我去摸陳佩芬的鼻頭。我起先不敢，一直拖到年底英文進步了二十多分的某次月考之後才提出那個要求。

那塊軟骨是裂開的。也許我在摸陳佩芬鼻頭的那一刻使她意識到我祇是個頑皮的小鬼，而頑皮這種印象極容易讓人誤會它是未成熟、未發育的孩子的專利。當我認定陳佩芬不是處女的剎那之間，她深深地歎了一口氣，說：「唉！你們這些小孩子。」「你們」指的是我和我妹妹。接著陳佩芬表示：小孩真幸福，不懂得大人的哀愁是怎麼一回事。那究竟是怎麼一回事呢？陳佩芬宣布答案時眼眶有些晶瑩閃爍的光芒：「約翰・藍儂死了。」

約翰・藍儂被一個瘋子開槍射殺的事對我還有我妹妹絲毫不該有什麼影響，即使在他還活著的時候，我們也從來不曾認識過這個人以及他和披頭四合唱團的音樂。然而奇怪的是：陳佩芬的哀愁彷彿傳染給我妹妹，她開始一而再、再而三地打斷陳佩芬的授課，追問一些無聊的問題。比如說：「那——披頭的頭是不是很恐怖？」、「那——披頭後來有沒有被別人殺掉？」、「那——人死掉以後會怎樣？」

人死掉以後會變成鬼的說法我是在幼稚園時代就聽說過、相信過且一向沒有勇氣推翻的。呂勇樹則是在約翰・藍儂生前最後的那個夏季裡提出過不同的看法，他告訴我們兄妹：人死了以後會變成「相反」的東西。男的會變成女的、老人會變成小孩、胖子會變成瘦子、白人會變成黑人、舌頭短的變成舌頭長的、有五官的變成沒有五官的、腳著地走路的變成腳離地走路的……當一切「相反的東西」湊在一起，看起來自然像鬼了。

我妹妹從此對「相反」這個概念有了莫大的興趣，從暑假結束到圍巾、夾克披掛上身，都反覆演練著一種遊戲；無論什麼人、說什麼事，她都會接一句：「的相反」。我爸爸喊她去洗澡，她說：「的相反。」我媽媽喊她吃飯，她說：「的相反。」我吼她：「閉嘴！」她說：「的相反。」有時她會自己發明難解的問題：「冰箱的相反是什麼？」、「加菲貓的相反是什麼？」、「呂勇樹的相反是什麼樹？」然後，有一天，她站在沙發旁，毫不自覺地用健康教育課本裡圖繪了的那個女性的部位摩擦著扶手角，笑瞇瞇地跟呂勇樹說：「我恨你。」呂勇樹連看也沒看她一眼就說：「我揍你。」當時呂勇樹正忙著翻看我媽媽書架上的一本人體解剖學大辭典。

設若我媽媽對人的了解不祇是生理性方面的話，她可能較早些時就會提防到我爸爸的熱情常和他的知性需索緊密地牽連在一起。我深深以為我爸爸要不是受限於身為一個小島國上的小新聞界的小記者，他極可能到全世界各地去追逐最有學識的各種女人。我妹妹高中時代的精神和實質導師徐華有一次推薦她讀一本叫《論中國女人》的書，我記得那書的女作者名字很長，就故意跟我爸爸開玩笑，騙他說那女作者美若天仙，簡直是凱薩琳．丹妮芙的翻版。當時我注意到我爸爸的眼睛亮了起來。一年後他離開這個家庭，從書架上幹走了徐華老師借我妹妹的那本書，去和他的女畫家朋友同居了。那位女畫家可能不知道有關《論中國女人》的一切，而我則暗自相信：我爸爸的確是帶著個祕密的戀人或意淫的對象上路的。

我妹妹對黃安邦的熱情維持了一、兩個禮拜；其間祇要我爸爸、我媽媽提到那名字以資比較他們兒子的拙劣品質的時候，她就會鬧著要學小提琴或寫毛筆字。不過我仍然認為呂勇樹胡說八道的功夫很快地凌駕於黃安邦的博學多能之上。即使呂勇樹那樣無視於我妹妹毫不保留的傾慕，她依舊時不時提醒我：「為什麼不找呂勇樹來我們家玩？」呂勇樹來時會告訴她：男生在十三、四歲時長出喉結，而喉結是一種有毒的囊球，如果囊球破裂，這男人就毒發身死，渾身長出黑色的毛髮。這個說法連我都信之不疑，而我妹妹甚至向我爺爺求證過；她捏著我爺爺鬆軟多皺褶的脖頸，說：「如果這裡破掉，你會死嗎？」「當然啊！不死不成了神仙了？」

那是個靈魂多事的秋天，我妹妹成為她班上最最異端的小學生。她的導師幾乎每隔兩、三天就打電話到家來，說我妹妹過於胡思亂想，而且隨時向班上的小朋友傳遞胡思亂想的思想。其中最胡亂的一則是說：她認為校長室那個禁地一般的房間裡有寶藏——埋了一箱黃金、十具屍體和好幾十頂假髮；校長經常換戴假髮、披上死屍的皮膚，把黃金變成衣服、首飾，然後走到各班級去上課。有時候衣服、首飾穿戴耗時間，來上課的老師就會遲到。爾後果然有一天，一位穿黑色衣裙、裝扮較濃豔的女老師姍姍來遲地進了教室之後，有三分之一的小朋友嚇得哇哇大哭起來。

於是我爺爺便肩負起為我妹妹「建立屬靈的生活」的使命。我妹妹每個禮拜天上主日學，禮拜三和禮拜五念查經班，禮拜二、四學小提琴，剩下的禮拜一則較有餘裕，可以打攪我和家教陳佩芬的課業交往。

約翰·藍儂死了沒多久，聖誕節就到了。我爺爺率領我們全家三代去聚會所打瞌睡，之後精神飽滿，說了大半夜的聖經故事。講到那個約伯受難、怎麼也受不完的一段，我妹妹掉下眼淚，喃喃唸著：「好可憐！」當時我的直覺是：約伯很蠢、我妹妹很有同情心，而我爺爺則是一個比呂勇樹還會編故事的人。

我妹妹似乎突然不再著迷於呂勇樹式的鬼扯，而一心一意朝那種家人所期待的淑女的路子上走了。過舊曆年的時候，她領了每一份壓歲錢，數清楚，交給我媽媽，堅定地說：「幫我存起來。」我媽媽故意裝作很驚訝的模樣問道：「存起來幹麼呀？」「作嫁妝啊！以後再以後，我長大了就要嫁給爺爺。」當全家三代為之而大笑不止的時候，我首次見識到我妹妹羞窘的憤怒，她把壓歲錢搶回來，撕了個粉碎，一句話也不說。直愣愣地瞅著我爺爺。我爺爺打圓場的說辭是：等到以後再以後，我妹妹可以嫁人了，他早就死了，那怎麼辦？「那——我就去天堂找你。」我妹妹堅定地說。「萬一我下了地獄呢？」我爺爺漏風的缺牙嘴一逕沒闔攏，他還沒意識到挫傷一位少女的心的嚴重性。

「你不娶我就算了，不要說這麼多。」我妹妹更堅定地說。

直到以後再以後很多年，我爺爺還活得相當硬朗，除了向黃安邦買人壽保險被委婉地拒絕之外，沒有什麼事、什麼說法能挑戰我們對他長命百歲、壽比南山的信心。他自己卻時常提出那個疑問：「我死了以後，能不能進天堂還說不定呢。」不過可以斷言的是：如果我妹妹要去天堂找人，是絕對不會找他的。

我妹妹剛要過七歲生日的那個春天，她對天堂、愛情、知識的全部渴望都寄託在陳佩芬的身上。那年我還不滿十五，滿腦子祇有異性肉體所引發的種種欲念、幻想和為滿足這些欲念與幻想所編織的詭異學說。從這一點看，我妹妹比長她八歲的我在那個時期的精神狀態要純淨且高貴不少。

她會向陳佩芬追問的事物可以說都十分幼稚，像「為什麼外國人要那樣說話？」、「為什麼你會說外國話？」到「為什麼外國人唱歌喜歡唱『嘔嘔』、『爺爺』？」陳佩芬除了負責應付一個英文家教所必須面對的所有異國好奇心之外，還不時得答出：「上帝懂多少種話？」、「那——

魔鬼呢？」、「那——人進了天堂以後說什麼話？」、「你為什麼不穿褲子？」、「你為什麼一直跟我哥講話？」以及「你喜不喜歡我？」

我妹妹喜歡陳佩芬的方式很直接，她的表現也很直接。陳佩芬來了，她要抱；走了，她也要抱。她經常畫小卡片送給陳佩芬，換取一聲：「好可愛喲！」或者臉頰上的一記親吻。卡片之不足，我妹妹還會拿我的緞子領巾、我媽媽的口紅、我爺爺的聖經做人情。陳佩芬經常偷偷退還那些大概她直覺過於貴重的禮物，但是她永遠不知道：每當她答覆了一個小問題、回報了一點小知識，就會讓我妹妹更深一步地陷入情網。

「女生和女生可不可以戀愛？」我妹妹這一回問的是我。

「當然不可以。」我說。

「那——結婚呢？」

「你休想。」我瞪她一眼。

與其說我妹妹因她的熱切期望被我打破而悲傷，不如說由於她的隱祕心事被我戳穿而羞惱了；她咬著下唇、抖著下巴，好一會兒才放聲尖叫起來：「才——沒——有！」

我妹妹的小提琴藝在那個春天裡突飛猛進，暑假之後便轉入我曾經混過六年的私立小學，進了音樂班，勤於演練孟德爾頌的〈仲夏夜之夢〉和〈E小調協奏曲〉——顯然這些都是遠遠超過她的年紀所能負載或詮釋的東西；但是她在拉小提琴的時候，沒有人會因為她的超齡努力而取笑她、阻止她、挫傷她。

至於性或愛情，我們這些稍具年事的人可是一點都不樂見於他人提前體驗的；這大約是許多人的初戀顯得如此苦澀的根本緣故罷？

她的禁忌

我妹妹的演奏事業始於八歲，終於十二歲。照她日後讀了點古代掌故之餘的解釋是：世上沒有像鍾子期這樣的知音，伯牙祇好毀琴罷奏。這個壯烈的說法祇有一小部分真實性。

那把毀掉的小提琴至今仍然鎖在一只黑皮紅襯絨的琴盒之中；琴盒也許在某個壁櫥裡、也許在某張床底下。家裡的人（就算把如今不常來走動的我爺爺和我奶奶算上、就算把逃家又離婚的我爸爸也算上）從來不曾懷疑過琴在屋子裡，也沒見誰打算把它找出來。認真思索關於這琴的一切，以及它那「既存在、又消失」的特性，便會令人想起禁忌這一類的字眼。

是的，禁忌。一種明明存在卻不可探觸的東西。當我妹妹直接從我（間接從一管長了雀斑的馬子）這裡學會使用「荒謬」二字並加以運用的時候，我已經開始動不動就說禁忌了。那大約是一本叫《圖騰與禁忌》的書感召使然罷？那大約也是一段很容易著迷於流行詞彙、流行術語、流行腔調以及流行服飾或舞步的年歲罷？我曾經用各種初學乍練、半生不熟的字句形容過這個屋子裡的許多事物。就拿我太公的照片和一張耶穌畫像來說，我當然毫不留情地指稱過：那是一種圖騰。我媽媽和我爺爺就算不真了解圖騰的意思，也嗅得出我言詞之間屬於叛逆少年特有的憤懣之氣。那年我升高二，滿臉都是青春痘，所交過的馬子不是考上了大學就是搞上了別的痞子，其中還有一管在電動玩具店被一場無名大火給燒死了。我能不怨氣沖天嗎？照片上的太公、畫框裡的耶穌和開刀割除了攝護腺然而依舊為糖尿病所苦的總統、繼楚留香之後一波又一波搶灘登陸台灣的港仔明星以及剛開始漂白和整形手術的麥可・傑克森等等，凡是被人供奉在某一個角落裡的傢伙，都被我視作必須除之而後快的圖騰。而且我絕不掰你：在那個年紀，你眼裡必須除之而後快的東西真他媽的多，最可惱的是你連青春痘都擠不乾淨。

一個怨氣沖天卻無可如何的十六歲痞子管它圖騰二字在人類學或心理學上的定義是什麼？我祇消知道圖騰意味著一種禁忌也就很夠了；我祇消

感覺到渾身上下都被禁忌著也就很夠受了。

我十六歲。我妹妹八歲。她轉學進入我從前念過的私小成為音樂班的天才兒童。我每天早上花半個多小時處理青春痘，她則每天放學之後、就寢之前捧著小提琴鋸上四個鐘頭。我們之間簡直有一點老死不相往來的態勢。而我也不知道她居然經常一面拉著琴、一面偷聽我和一堆馬子們打電話，並且從中學到不少我們那個年紀的人類慣用的詞語。

其中一個字眼和她的轉學事件關係密切。那是五、六月間的事，一個叫紀凱明的小雜碎在美勞課上拿打火機燒掉一個梳辮子女生的一大撮頭髮，我妹妹大約是看不過去了，順手抄起一支掃把，一面朝紀凱明的臉上捅過去，一面尖聲大叫道：「你太荒謬了！」紀凱明的鼻梁當場斷掉。我妹妹的導師事後親自來作家庭訪問，詳細描述了事件發生的過程細節，並且叮囑我爸爸、我媽媽說：我妹妹不應受到過於嚴厲的處罰，但是紀凱明的家長也不希望自己的獨子在往後的小學生涯中時刻面對傷殘甚或死亡的威脅。那導師建議我妹妹轉班或轉學，我妹妹因為這一次暴力事件而變成另一個學校的資優小提琴手。我爸爸的確不曾像從前處理我那樣出手俐落地教訓我妹妹，他祇是蹲下身子，溫柔地、滿臉笑意地問她：「你從哪裡學來『荒謬』這個話的？」我妹妹飛快地瞄了我一眼，但是她沒把我招出來。荒謬的是，我爸爸居然連聲說：「不錯、不錯。」

我爸爸一向以為我妹妹身上較為優秀的部分都得自他的遺傳，其中他最津津樂道的便是她「在藝術方面」的稟賦。這項稟賦展現在小提琴上的時日——老實說；太過短暫，這是我爸爸始料未及的事，所以塵封在屋中某處的琴和琴盒對他而言確乎是隱疾一般的禁忌了。

然而，這祇是整個過程最表面的一部分。至少我爸爸絕對不會推敲我妹妹出手如此之兇悍乃是由於她看多了他修理我的場面，而他寧可相信：我和我妹妹的一絲絲頑劣氣息都篤定得自我媽媽那神經質性格的遺傳。

我媽媽那種神經質的表現常是生活中極其細瑣的部分。她每天倒十幾次垃圾。凡是眼睛看得見的地方必定纖塵不染。跟客人相對在客廳裡喝茶聊天的時候會不時用手指抹拭茶几上的一丁點兒汙垢。那位來家庭訪問的導師和所有我爸爸的朋友都可能覺得奇怪：為什麼我媽媽在談話當中要隨時動一動他們的茶杯？她其實是在把茶杯放在茶墊的正中央，維持一個同心圓的完美圖案。這是早些年間的情況。等到我妹妹讀到四年級下學期，那是一個淡淡的三月天，晚間新聞報導一個油漆匠把一桶硫酸潑在幾十個小學生的臉上，然後切腹自殺的消息。我媽媽突然渾身發抖、手腳蜷縮、整個人窩在沙發裡打起滾來。接著她便開始搖頭，不停地搖頭，彷彿耳朵裡有千百隻螞蟻之類的小昆蟲，非這樣甩出來不可。當時我爸爸在報館上班，我妹妹在房裡練琴，祇有我目睹這詭異的一幕。幾分鐘之後，我媽媽恢復正常，衝進廚房洗手洗臉，足足洗到連續劇開演。她再回到客廳裡來的同時問我：「晚飯想吃什麼？」

「不是剛吃過了嗎？」我說。

她說：噢。我知道我們家出現了一個真正的瘋子。然後我在心裡跟自己說：你現在是大學生了，要開始承擔一些重大的事情了，你爸爸在外面有女人，你妹妹除了拉琴屁事也不懂，而你媽媽瘋了。

我媽媽瘋得非常節制。她從來不曾呼天搶地、齜牙咧嘴。大部分的時候，她仍保持那種恬靜的、溫柔的、耽溺於居家環境之完美整潔的嗜癖；最多祇是洗臉、洗手和洗澡的時間拖得很長。此外，她隨時會感覺口渴，一天要喝好幾十杯從她藥局裡運回來的蒸餾水。她因此而胖了起來，聽我妹妹拉小提琴的時候經常睡著，流下一長串口水。

我妹妹的身體幾乎也在同一個時期發生了變化。事情的開始總是非常突然的；比方說：某一天清早起床，你敲浴室的門，門忽然開了，你妹妹穿一襲睡衣站在那裡；也許刷著牙，牙膏泡還掛在嘴角上，也許正在擦拭濕淋淋、水捲捲的髮腳，這些都不重要，重要的是你猛地發現她有了曲線。這是一種尷尬的發現。你不能不看，因為你已經看見了。既然你已經看見了，就必須承認一些事情：她也像你自己一樣會發育、會成熟、會像你曾經綺思幻想過的那些馬子。你不能把她們一視同仁，但是她們正是那麼相像地存在著。如果不願意立刻承認這些，你就會想再看一眼，證實那存在的確鑿性。等這一眼再看下去，對方也尷尬了。我猜想我妹妹和我（也許還有我爸爸）都是在這種突如其來的發現、尷尬、再發現、再尷尬的循環之中接受了那句「吾家有女初長成」的俗話的。其間最俗的部分應該是我妹妹以及這個屋子裡的男性之間把那再自然不過的曲線視為某種禁忌的往來眼神。是的，禁忌。一種明明存在卻不可探觸的東西。

往十一歲裡繼續發育的我妹妹有一天問我：「爸爸是不是有外遇了？」她要的不是答案，因為我在她這個年紀的時候早也有了同樣的答案。我爸爸就是那種不可能獨享祕密的人；尤其是令他興奮、喜悅的祕密。我妹妹還在穿和我媽媽一式一樣的花格裙子上幼稚園的那年，他買下第一張那個女畫家的畫，掛在一進門的玄關牆上。每天我媽媽去藥局上班之後，他還沒出門跑新聞，我猜他若沒有偷空跟女畫家柔聲細語地通電話，就是站在那張畫前面吹口哨；吹那首〈我愛吹口哨〉——上述兩種情況都曾經被我撞見過。這得感謝我肺炎的後遺症，我經常感冒請假，也因此而對我那個背地裡喜孜孜吹口哨的爸爸很感冒。

女畫家的畫藝如何我著實不敢說，因為我從來沒看懂過。我妹妹倒是在她還很小的時候就曾經指出：畫面正中央是樹葉，樹葉旁邊是公主的頭髮，頭髮裡面有很多小太陽，頭髮外面是黑色的森林，森林裡住了一個老巫婆（老巫婆應該是我妹妹順口瞎編的）。不過我爸爸對我妹妹的畫評似乎相當讚許，他曾經抱著我妹妹在畫前搖來晃去，邊說：「老巫婆在哪裡呀？」

對身處兒童末期的我來說：老巫婆在我爸爸的心裡。等到我再長大一些，我就會說老巫婆在他懷裡。當我進了大學，我妹妹問我：「爸爸是不是有外遇了？」的那一刻，我們家裡已經有了女畫家的第二張作品，畫面上一片潔淨澄明的天藍，僅僅在左下角有一條義大利麵或蛔蟲之類的東西，那張畫掛在我和我妹妹臥房之間橫向的隔牆上，我看一眼那張畫，跟我妹妹說：「干你屁事？」

這是我教我妹妹認識禁忌的第一課。她學習得很好。有一天她的一個重奏的同伴到家來盤桓了大半天，忽然問她：「你媽是不是怪怪的？」她立刻答說：「干你屁事？」那小鬼原本要在畢業典禮上和我妹妹一起表演兩首什麼曲子，但是某次排練之中，他大約是向其他的天才兒童們說起我媽媽嗜水的怪癖之類的事，我妹妹用對付紀凱明那個小雜碎差不多的辦法處理了他——她把小提琴砸在那人的腦袋上，然後將琴收進琴盒，提回家，放在某個壁櫥裡、或者某張床底下。再無知音可期。

這一次暴力事件另有一種難以辯駁的正式說法：我妹妹宣稱爭執發生之際對方用琴弓碰觸了她的身體，而擔任鋼琴伴奏和翻譜的兩位小朋友也證實了她的指控。畢業典禮上，那個頭纏紗布的小鬼順利完成獨奏，贏得熱烈的掌聲。我妹妹則遠遠地躲在禮堂二樓，一瓣一瓣地撕碎畢業生佩戴的胸花，悄聲告訴我她出手傷人的祕密，令我難以自抑的是她隨即問我：「我是不是也有神經病？」我無法糾正她那應該叫「精神病」，我也不相信她會有什麼鬼病。我摟摟她的肩，她立刻閃開，她長大了，已經。

關於治療

我妹妹進了國中以後，就會不斷地問我：「你為什麼要寫東西？」她的表情極其虔誠，彷彿我趴在書桌前、以從小未經嚴格糾正的歪斜姿勢一字一句地寫出那些詩篇、散文和小說的事是非常不可思議的。她從未存心嘲謔我「將來要當一個作家」的夢想；她祇是不明白：作家這一行有什麼值得去夢想的？如果有什麼理由足以支持她這麼懷疑，我想，至少有一點可說，那就是我每一次答覆她「我為什麼要寫東西」的說法都不一樣。作家，一個多麼不確定的行業。

我簡直不記得是不是向我妹妹招認過：小時候曾經為了應付作文班的作業而胡謅她邋鞦韆摔成腦震盪的事。不過，這一類的事其實經常發生在我的日常生活之中。我的意思是：日常生活就是一種經常迫使人不得不撒一點小謊的情境。我不喜歡這樣，但是事情就這樣發生著。於是，我變成一個作家。

印象中我的第一篇小說是在我高三那年寫出來的，它的第一個讀者是我妹妹。當時她剛裝上牙齒矯正器。能夠將小提琴的A絃和D絃柔軟甜美的音色表現得流暢、婉約——有時甚至俏皮得可以。那個冬天她總在練完琴之後推開我的房門，一頭栽倒在床上，悶著聲說：「你為什麼可以不要練琴？」我通常的回答是：「可是我要聯考。」這樣毫無誠意和溝通的對話繼續了幾天、也許幾個星期之後，我有了故事的靈感。說一個四口之家，幹記者的父親忽然失業了，但是他一點兒也不難過，反而拿出所有的遣散費給家人買禮物。媽媽得到了一串珍珠項鍊，兒子得到了一部越野機車，女兒則終於裝上了牙齒矯正器，做爸爸的還給自己買了一部電腦，準備在家寫作。然而不幸的是家裡遭了小偷，珍珠項鍊失竊，兒子和女兒同騎一輛機車去抓賊的時候又發生了車禍，女兒的牙齒全部撞斷了。不幸中的大幸是父親把這整個悲劇寫成一部小說出版，因此而轟動文壇，成為知名的作家。

我把寫完的故事唸給我妹妹聽，她抱著枕頭坐在我床上，隨即問了我幾個問題：「你為什麼要寫我？」、「我為什麼那麼倒楣？」以及她日後不斷提出的：「你為什麼要寫東西？」

「好玩啊！」我說。

等到我妹妹開始懷疑我媽媽遺傳給她某種精神上的疾病的時候，我也對「為什麼要寫作」這一類的問題有了比較不好玩的、比較正經嚴肅的、比較悲哀的看法。我幾乎可以毫不考慮地說：「寫作是我給自己的治療。」

在真實的日常生活裡，我妹妹早已拆除了牙套，長了一口潔白整齊的美齒，七年不碰小提琴或任何其他樂器。我爸爸順利幹上吃糧不當差的副總編輯和開過一次靠人情捧場而圓滿成功的畫展。我媽媽仍舊天天步行到三條街以外的藥局去替這個社區的中產階級家庭開感冒、腹瀉、養顏、補身的種種藥方，而沒有一個病患知道她離了婚且罹患著某種原因不明的躁鬱症。我則在一個方圓不超過三公里的日常生活圈裡生存了二十七年，憑藉著一些小小的幻想、小小的謊言、小小的誇張情感而成為「文壇可期待的新彗星」。

這顆新彗星的妹妹偶爾會寫幾句介乎笑話和流行歌詞之間的短句——比方像：「心情是灰藍色的／眼淚卻是透明的／而且沒流出來」之類；除此之外，她祇在開我玩笑的情況之下才會創作，寫在那種背後有一條黏膠的黃色便條紙上。我大學畢業前的那個寒假，獲得了此生第一個文學獎，她在便條紙上替我擬了謝辭：「感謝上帝創造了世界／感謝爸媽創造了我／感謝自己創造了小說／感謝我妹妹什麼也沒創造／所以小說、我和這世界／同時有了希望」。

我想：拉小提琴那幾年的熬煉對我妹妹或許有些微妙的影響，她的意識底層因之而醞釀出一種對結構、秩序和準確性的要求；相對地，也因不耐於這種種要求的鞭笞而渴望自由。我分析她給我的便條和為數不多的信件，常在字裡行間推敲她未經任何訓練（她甚至沒補習過作文）而學會擺布文字的奧祕。她則一次又一次地於細讀我作品文字之餘揣測它在現實生活中的來歷。她比較著作品內容和我生活內容的一切，不時發出讚歎；但是我卻自覺像個被一層一層剝去衣衫、放置在玻璃櫥窗裡接受檢視且骨肉殘缺不全的病體。

那篇得獎之作〈透明人〉是一個開始。小說寫的是一個可能患有妄想症的大學生被一個不知道該被視為實存的、或者是虛構的人物「唐叔」利用，成為執政黨在校區發展地下情報工作的職業學生。在故事的結尾部分，大學生被送往療養院終身囚禁。依照我自己的看法，小說最妙的地方在於沒有人能辨識大學生是不是真的瘋了，抑或是受到極高明的政治迫害而成為是非混淆、價值錯亂、真偽難辨的整個社會的犧牲。它得到相當高的評價，首獎的獎金讓我成為本校園中第一輛高性能越野機車的飆主。我妹妹在舊曆年假期間陪我一起試車的那天問我：「你是不是把什麼人寫進這個小說裡來了？」

她記得不清楚，不過的確是的。那是在前一年的六月份，期末考週之中的某一天，我剛從《浮士德》的魔鬼交易圈裡滾出來，心有餘悸，滿腦子祇有一句：「完蛋！他媽又要重修！」帶著我對歌德極其憤怒乃至於厭惡的情緒，我衝出考場，咒罵所有寫出經典文學作品的老渾蛋。然後有人在林蔭道的對面喊我的名字。喊了兩、三聲。

是那個被全校稱作「趕屍」的怪物。他一年到頭穿一件高領衫，身長接近一米九，即使在接近正午的陽光底下，地上的影子也鋪了好一大截。他像座籃球架般地杵著，朝我昂了昂下巴。我聽說過「趕屍」，哲學系的，平素不大和同學來往，性情很陰，有時會跟一位不大得人緣的教官說上半天話，於是有人傳出他是國民黨派駐在校園裡的「細胞」。

「你不記得我了？」他低垂著臉，嘴角帶著似笑不笑的嘲意，大約有十秒鐘，也許還更久一些。最後他擺了擺手，道：「算了。」

「對不起——」我繼續追憶著生命中曾經出現過的籃球中鋒之流的

人物。

「算了。」他扭頭走開，一邊仍跟我或跟他自己說著：「你文章寫得不錯，加油。」

然後我想起春天我在校刊上發表過一篇寫我妹妹剛出生沒多久時的散文或小說，裡面提到過一個人。「趕屍」，居然是沈家德。那個差一點和他媽媽、妹妹一起上吊嗝屁的我的小學同學。

我把碰上「趕屍」的經歷跟我妹妹說過，也不免提起校園之中盛傳「細胞」工作的種種活動。然而令她不解的是：後來我為什麼會把沈家德寫在〈透明人〉裡面？她趴在我背上，雙手攬住我的腰。越野車正以一百公里的時速飆過直潭淨水場邊那條弧狀優美的跑道。她在獵獵的風聲中問我：「你是不是把什麼人寫進這個小說裡來了？」

「沈家德嗎？」我說：「你的意思是沈家德嗎？」

跟一個剛念國二的小鬼，你怎麼說得清楚關於小說創作、取材、杜撰、寫實之類的事？我連跟大學快畢業的自己都說不清楚。「當然不是。」我隨即跟自己抗辯。

「可是在你心裡是。」我妹妹說。

「你懂個屁！」我減速，把車停下來。

「你才懂個屁你不祇寫他還把媽也寫進去你很差勁你知道嗎？」

我媽媽從來不曾把她小小的幻想訴諸文字。對她而言，那些她聽到的聲音、她看到的景象、她感受到的情緒、她意識到的事物都是活生生、血淋淋逼迫到日常生活裡來的現實本質；這樣的東西太實在，實在得禁不起文字的翻譯。而習慣了用文字去翻譯生活或生活中根本不存在的東西的我，則禁不起我妹妹的逼視。

「雖然你寫得很精采。」我妹妹低聲下了委屈的結論。

我治療自己治療得很精采。一個宣稱我妹妹是自閉兒、我媽媽健康得像水牛（天曉得我媽媽多痛恨這比喻）的精神科醫師曾經把他和我爸爸討論我作品的內容轉述給我聽。那時我正忙著應付研究所頭一年的階段測驗，而這位陳大夫原先應該是來家跟我媽媽談些什麼的。他趁我媽媽去給自己倒蒸餾水的空檔跟我說：他對我的作品非常有興趣，而我爸爸也認為他對我作品的分析很有道理。有什麼道理呢？

「你從來不在你的作品裡暴露自己。相反地，你的東西都是某種保護你那個自我的工具。」他的嘴巴裡噴出蒜味，鼻孔不時地哼哼出聲，以便吐氣並清除過於壅塞的鼻毛：「你在逃避，你的小說是你逃避的交通工具。我想了解的是：你在逃避什麼？」

我重複了一遍：「我在逃避什麼。」

他則相信我同意了他的看法：「也許你懂我的意思了。你是一個很有趣的case；讓我們一起來看看這個問題——我想知道你真正的恐懼……」說著，他朝我挪近了些。

也許這世上確實有他所謂真正的恐懼。不過健康的水牛回身入座，打斷了我這一輩子跟心理學最親切的一次接觸。此後我再也沒見過那位陳大夫，據說他說了些話觸犯了某位黑道大哥，要不就是某黑道大哥的朋友，人們發現他是在事發之後兩、三個月，他一絲不掛，被封在一塊十呎見方的凝固水泥裡面。

然而他的言論對我撞擊至深，往後恐怕也極難平復。至少我對自己正在逃避著某些事物的這個說法已然堅信不移。即使有好幾次，我努力在作品中暴露自己最不能面對世界的那些部分的時候，我的讀者也往往因為那是小說而不容易輕信那些不堪的內在其實出於我的自剖，他們反而寧可相信我「對人性觀察入微」。

我說「我的讀者」不是？的確，我在二十三歲的那年意識到我「有」了讀者，他們在馬路上、校園裡、麵攤旁邊、藥局門口、同學會現場還有信箱之中。我妹妹那時有了她自己必須承擔的升學壓力，但是她從來不曾放棄過剝視我作品和生活之間比對關係的責任。她比所有那些陌生的「我的讀者」加起來還要厲害：她負責指出我在作品中撒謊的部分以及程度。

比方說：她認為我的成名之作〈將軍碑〉是拿我爺爺當模特兒的，但是我爺爺從來沒當過將軍、沒住過山上的別墅、沒有穿越時空的能力、也沒有精神錯亂過；而我非但把我媽媽精神異常的狀況移植到我爺爺身上去，又把將軍的兒子描述成愛穿白色風衣（很像我爸爸）的同性戀。「有什麼意義？」她氣鼓鼓地說：「你應該把他寫得很花心，很騷包，很像真的爸爸才對。」然後她十分慣性地下了判決：「我真搞不懂，你為什麼要寫東西？」

她的判決也許有道理罷？我不是一直在說「創作」這件事嗎？多年以來，我何嘗「創作」過什麼呢？我祇是把貧乏生活裡的一點點這個加上一點點那個；把原本在A時間B地點C人物身上發生的D事件換裝到E時間F地點G人物身上，再添補上少許的H作料，或者是抽取掉少許的K材料——我漏了I和J嗎？噢，那是留給批評家和讀者的想像空間。

在那個想像空間裡，批評家和讀者會認為：把一個活生生的人用水泥封起來、凝結成一大塊十呎見方的棺材是非常有原創力、有象徵性、有內在意義的。我妹妹動過墮胎手術之後的那天夜裡，我忿忿不平地寫了一個大約五千字左右的短篇小說，描述一個通體上下燃燒著復仇之火的哥哥如何找到那個迫使自己妹妹懷孕的渾蛋男人、然後把他活活封進一大塊水泥裡的事。沒有人知道那是陳大夫生前最後經歷過的一件真實的事，評者祇認為故事的結局非常有原創力、象徵性和內在意義。而我妹妹則流了幾滴眼淚，她說：「你不可以這樣恨一個人。」

我恨那個讓我妹妹懷孕的小鬼嗎？我捫心自問了一年多，直到今天，我反而越來越感到模糊。也許是因為恨意禁不起時間的沖洗，也許是因為恨意禁不起思考和追問。然而，這些日子以來，我想得更多的卻是：我恨我爺爺嗎？我恨我爸爸嗎？我恨我媽媽嗎？那麼我妹妹呢？陳大夫呢？沈家德呢？那些透過改頭換面、東割西補的手術被我編織在許多作品之中的角色，我恨他們嗎？我支解他們、凌遲他們再拼湊他們——難道這就是我治療自己的全部意義嗎？

從未接受任何治療的我媽媽可能是幸福的。一九八五年初，她的藥局門口忽然被什麼人貼上十多張一式的海報。海報上端三個橫寫的大字：「吃母奶……」中間是一個年輕母親正在授乳的畫像，畫像底下印著兩行較小的字；大意是說：吃母奶的嬰兒最健康、聰明的媽媽餵母奶。最底下的一行字是「行政院衛生署印製」。我永遠忘不了那張海報，也從而知道我們國家有個叫衛生署的海報印製單位。當時提著琴盒走出藥局的我妹妹還是個六年級的小學生，已經有了成熟少女的胸部和腰身，她把琴盒舉到我眼前晃來晃去，不許我看那海報，一面還喊著：「好色喔！好色喔！不准看！」這個拿琴盒擋我眼睛的遊戲一直玩過了兩條街之外，最後我們在小公園口上停了下來。她不再嬉笑叫鬧，反而睜大了眼、半張著嘴，瞪視著我所看到的一幕——我媽媽坐在鞦韆旁邊的一張法式白漆涼椅上，反扣住兩手的小拇指，像我們小時候假裝手上有架照相機那樣，對著鞦韆架附近玩耍的孩子們「咔嚓」、「咔嚓」地按動食指。「咔嚓」是她給兩隻空空的手所配的音效。沒有哪個小孩理她。

那是我妹妹第一次發現我媽媽異乎常人的舉止，她瑟瑟縮縮地抓緊我的臂膀，我喊了一聲：「媽。」

我媽媽隨即彷彿剛醒過來的模樣，撒開十指，理了理鬢邊的髮絲，扭身朝家的方向快步走去。

小公園裡的遭遇使我在爾後許多年當中思索創作這回事的時候有了一些別的看法。我媽媽每次低聲告訴我她聽見廚房裡有小孩子在講話、樓下有車子在按喇叭或者廁所裡傳出燒焦什麼的味道的那一刻，我都會小心地問她：「那後來呢？」

那後來呢？就像每個讀小說或寫小說的人都不停在問著的問題。我們問：「那後來呢？」的剎那，所關心的其實是時間；我們寄情於時間帶來一點拯救、一點滿足、一點希望。然而我媽媽並不回答這樣的問題。她卡在某個時間裡面，如強固凝結的水泥。

比較起來，逐漸變成一個作家的我想必是膚淺而庸俗的罷？我沿著故事的時間軸線一直走下去，逃避著我所不了解的自己並假想那就是我的治療。我妹妹洞悉這一切；她從不明說，因為她並不恨我。

我們剩下軀殼

我妹妹出生前半年的那個秋天，我感染肺炎，被迫一天二十四小時關在我爺爺、我奶奶住的破爛眷村的一個破爛房間裡，高燒不斷。在半醒半睡半昏迷的狀態之中，我常會以為自己是一隻小小的螞蟻，這隻小螞蟻必須馱著一床又厚又重的棉被，爬過一條長廊；長廊的地板就是眷村房舍的天花板，每一格約三尺見方，上頭還有湮濕了的黃色水漬，我馱著棉被爬行了不知道有多久，就會走來一個女人，替我卸下背上的重擔，我正因解脫而愉快著，她便伸出食指，捻起我來，放進她的嘴裡。

我一直不認為這情境是夢，同樣的夢是不可能天天出現的；而我和我的棉被、天花板拼成的長廊以及那女人都幾乎隨時糾纏在一起。每當替我看病的鍾醫生（後來我知道他是個沒有牌照的獸醫）宣布我的體溫在三十八度半以上的時刻，我就知道：打完針、回家吃過藥、奶奶扶我上床之後，我就要開始當小螞蟻了。

我爺爺和我奶奶大約一直隱瞞著我的病情，他們不時地在電話中告訴我爸爸或我媽媽：我得的是支氣管炎，而鍾醫生則是個神醫。的確，鍾醫生也信神，又曾在我爸爸小時候治好了他的一場痢疾，於是我就祇好認命當一隻熱滾滾的螞蟻，並且在病苦之中尋找樂趣；比方說：當清醒的時候，我可以努力地在電視螢幕上、報章雜誌的圖片裡、到巷口小診所的路途中……尋找那個一口把我吃掉的女人的影子。

鍾醫生的太太是個美麗而安靜的日本婦人，她生了幾個看起來模樣和她差不多的女兒，皮膚白白的、眼睛大大的、睫毛長長的、包藥的手指細細尖尖的，很讓八歲的我覺得以後可以娶回家當老婆——祇不過我得先分清楚她們到底有幾個？到底誰是誰？

肺炎痊癒之後，我回到自己的家，家裡多出個妹妹。我幾乎再也沒見過那個一口把我吃掉的女人，更逐漸忘記小診所裡的針筒、藥品海報和條木長椅。甚至有一次我奶奶捎話來說：「鍾大夫家那幾個小姑娘還問起咱們家的小帥哥身體怎麼樣了；你這小子倒有女人緣。」的時候，我居然不記得什麼鍾家、什麼小姑娘了。

很多很多年過去，我妹妹開始會問我：「你第一次對女人有感覺是什麼時候？」我才慢慢地想起以前的一些事，然後告訴她破爛眷村裡生病的那些日子。我的結論是：一個面目模糊、一口把我吃掉的女巨人是第一次讓我「有感覺」的；我感覺非常非常恐怖。我妹妹繼續追問我：「我是說『真的』女人。」那麼，我就這樣回答她：「有幾個包藥的女人。」

她們是「真的」女人嗎？曾經在你生命的某些時日裡出現，之後消失，之後被你忘記（也許再想起來）或者也把你忘記的人是「真的」人嗎？我妹妹說那也不算，我想：她之所以一再這樣逼問我乃是因為她心裡已經有了答案，「難道小琪不是嗎？」她用力眨眨眼。

事實上小琪也拿同樣的問題考過我。這世界上每一個馬子都會拿這個問題去問她們的爸爸或者哥哥或者男朋友，我敢打賭。她們總是迂迂迴迴地先問：「你第一次對女人有感覺是什麼時候？」如果你認真搜索枯腸、撥尋往事，好容易說出一段模糊得令你自己有些羞赧的童年經驗，她們卻會立刻判決：那不算。

小琪那時手裡把玩著一根魚刺告訴我：那個一口把我吃掉的女人不算，鍾醫生的幾個女兒也不算。然後她扔掉魚刺，翻身把我壓在底下，狠狠用乳房堵住我的嘴，下達了指示：「告訴你，祇有我才算！知道嗎？」這個和我彼此都是第一次開發性經驗的女孩讓我朦朦朧朧地明白：馬子們總會把愛情和「第一次」、「唯一」和「永遠」這幾個概念緊緊結合在一起；這些概念都是具有強烈排他性的。

開始寫作以後，我從來不曾處理過愛情這個題材。然而每個我所接觸過的報紙、雜誌以及出版社的編輯總會這樣勸我：「怎麼樣？來篇談感情的吧？」他們所謂的感情，簡直地說就是愛情，因為現在的讀者喜歡看這些，而直接約作者寫一篇關於愛情的東西，又顯得廉價而庸俗了些，於是他們祇好旁敲側擊地要你「談談感情」。

然後我就會想起許多和我談過感情的女人，還有呂勇樹。我的國中同學呂勇樹現在有可能在任何一個行業裡打混；他幹過推銷員、電視節目企畫、小學代課老師，還開過一陣子計程車，後來就變成某立委的國會助理。我十四歲那年，他教我打手槍，告訴我處女可以一屄夾死人，又傳授了我壯陽的妙方：一把芹菜、一個蘋果、一匙蜂蜜和一顆生雞蛋——把這些用果汁機打在一起，喝下去。喝下去會怎麼樣？「喝下去就爽死你，」呂勇樹說：「也會爽死她。」接著他指了指我的褲襠，教育我：這裡如果變得很強，將來愛情方面就不會有煩惱。他甚至還給了我一個奇特的方子：蒜燒大頭鰱一整條，吃完之後兩個小時幹那件事，對方就會一輩子愛你。

關於芹菜、蘋果、蜂蜜加生雞蛋的那個祕方，我想就不必細說了；總之我喝了兩杯或是三杯之後，就開始拉肚子，拉得天昏地暗，日月無光，虛脫之餘我還暗自起誓：這一輩子絕對不談戀愛；戀愛想必是充滿痛苦的。

我妹妹拆除牙齒矯正器之後變成一位非常美麗的少女，她有一雙直而勻稱的長腿、一副細小的腰身和滾圓實在的胸脯。她進了國中，我升大三，小琪進入我們兄妹的話題。那些話題使我有機會詢問自己：是不是真的在談戀愛了？我妹妹顯得比我更急切地想要知道許多事情和感覺。她會無休無止地重複提出同樣的疑問：「你愛不愛她？」、「想不想她？」、「怎樣想她？」有時我隨口應付了事，有時我自己也陷入一種正經八百的迷惘；因為這些陳腐俗濫的問題永遠祇會招致陳腐俗濫的答案，而我是堅決不相信自己竟然真的陳腐俗濫起來。最糟糕的是：當我妹妹有一天問我有沒有和小琪「幹過那件事」，我立刻答說：「怎麼會？」彷彿幹那件事汙衊了我的愛情。

其實怎麼不會幹那件事呢？小琪說要帶我到她爺爺山上的別墅去的那個週末下午我就知道：日子到了。她爺爺是個退休的將領，有一點老人癡獃症，每到春、秋天氣候開始轉變的時候，就會拿一副軍用望遠鏡掃視山中鳥類活動的情形，偶爾還會對貼身伺候他的老管家發布戰術命令。

小琪帶我上山那天老管家主動問我們想吃什麼？小琪說隨便。我說有沒有蒜燒大頭鰱？老管家說有草魚，草魚怎麼樣？我說草魚也可以。後來我就吃掉一條土腥味十足的草魚，還被魚刺卡住咽喉，卻得不停地稱讚老管家手藝好。老管家說哪裡、哪裡，不好、不好，並且告訴我可以睡樓上西側的客房。一個小時之後，小琪從樓下南側的臥室裡出來，悄步上樓，輕輕敲開我的房門，叫一聲我的名字。我們迅速地互相除去衣衫，在黑暗中幹了那件事。

那是一件讓人徹底解脫的事。我曾經從呂勇樹的口中聽過、在封面印著俊男美女畫像的翻譯小說上看過，但是我自己卻全然沒有能力去形容那究竟是怎麼一回事；我祇知道人們所描述的字眼都不夠勁。在真正夠勁的那一剎那，我猛地吐了一口氣，把那根草魚刺吐在小琪的臉頰上。片刻之後，小琪摸索著扭亮床頭燈，追問我一切有關「第一次」、「唯一」、「永遠」等等概念的問題，直到老將軍在拂曉前宣布全線發起衝鋒為止。

幾個月之後，在一場電影街上和黃牛的混戰中，我無意間踢傷了小琪的後腦勺。她戴著一副護頸套告訴我：她不可能愛一個暴力分子。說完這句話，她還給我一包東西，不消看我就知道：裡面是一幀裝了框的照片（照片中的我剛剛晉級跆拳道初段），此外還有幾封信、兩本詩集、一盒不值什麼錢的小首飾。她背轉身離去的那一刻我想我完蛋了！因為我一點兒悲傷的感覺都沒有，我向我妹妹坦白這一個部分的時候她完全不相信。「你一定有一點感覺的。」她說。好的，我有感覺；我切切實實感覺那護頸套使小琪的脖子變長了，變得令人意想不到的長。

之後我交過十幾管馬子，每一次我妹妹都會打聽著類似的問題，其中必定包括：「你有沒有和她幹那件事？」我總說沒有，她也總說不信。這樣很好，起碼她沒有追問細節的機會，而我也一直沒有機會思索：為什麼我要隱瞞這種真實而自然的事？

直到去年五月我退伍，出版了第一本小說集、並以之贏得某個全國性文藝獎座和一大筆獎金的那天，我請我妹妹到一家極負盛名的江浙館吃飯，她喝了兩杯啤酒，抽了我一支菸，然後跟我說：「我懷孕了。」

她不肯告訴我任何其他的細節，包括誰是孩子的父親？事情怎麼發生的？對方怎麼反應？她又怎麼打算？

「你連高中都還沒畢業——」

話說到這裡，她抬頭盯著我的眼睛看了看，好像我正在說一句全世界最陳腐俗濫的話。我閉了嘴，開始想起我自己一塌糊塗的所謂愛情生活。

我稱她們馬子或我的小馬子、我的老馬子，嘴裡和心裡都是這樣。我認識了她們，直覺地研判一下她們會不會跟我幹一幹那件事，然後再多認識她們一點，就差不多可以想像那件事大約會在什麼時候發生。事實大多和我所想像的差不多，有幾次準確得出奇，以致幹起來毫無新鮮之感。接下來，我就祇要耐心等待著彼此用肉體磨損掉那種新鮮感。就這麼簡單。我就是個這麼簡單的人，而我也一直遇到把事情看得這麼簡單的對象。

在那個人聲嘈雜的江浙館裡，我時而瞄一眼我妹妹（她大部分的時候抿著嘴、轉動桌上空空的、掛著殘餘泡沫的酒杯），時而瞄一眼鄰桌的客人。那些人大多上了年紀，禿頂的男人、肥胖的女人、濃重的鄉音、老舊的寒暄話題、引不起聯想的衰敗肉體、失去新鮮感的簡單的生命。

如果我妹妹在那時刻問我在想什麼的話，我會毫不猶豫地告訴她：我之所以一直隱瞞著我和馬子們幹那件事的原因是它對我來說太簡單、太容易、太輕盈、太不像一回事；而我又完全不能忍受自己竟然是個一點都不複雜、一點都不艱難、一點都不沉重、一點都不像回事的人。我不肯向我妹妹承認我的性經驗其實也並非因為它汙衊了我的愛情，而是我根本沒有什麼可汙衊的。儘管我就這麼想著自己，然而脫口而出的話卻是對我妹妹說的：「別以為這是愛情！」

我妹妹仍舊轉動著她手上的杯子，沒搭理我。過了幾分鐘——也許更久一些；她才說：「我會不會生下一個像我一樣糟糕的小孩？」

我的那些馬子們也都說過這一類的話。在陽明山的別墅裡，壓在我身上的小琪跟我說祇有她才能算是「第一次讓我有感覺的女人」之後，就深深地歎了一口氣，道：「可是我很怕有小孩；生一個小孩會像你一樣那多糟糕？」

「像我一樣？」我說。

「我是說像我。」小琪翻身下去，躺在靠窗的一側。床頭燈把我的頭影投在她的臉上，這讓她看起來暗了許多，祇有汗水附著的部分一閃一閃的：「我不要小孩像我，太可怕了！」

之後每幹一次，小琪都要那樣說上一回。好像我爺爺和我奶奶每餐飯前必備的謝飯祈禱一般。有如例行的儀式。包括那整件事的每一個過程：從陪著患有癡獃症的老將軍吃飯、到她披衣下床關門回她自己的房間，每一個步驟、動作甚至因之而出現的念頭，都有如例行的儀式。我們儘可能作一些小小的變化——換房間、換燈光、換衣著、換姿勢、換一切可以換的東西；除了我們的身體。我們在變換著一切的同時也發現一種變換不去的感覺一直隱伏在我們變換不了的體內：恐懼；我們都在恐懼著我們那太容易厭倦和被厭倦的軀殼。

厭倦與被厭倦，恐懼厭倦和恐懼被厭倦；主動與被動，恐懼著主動也恐懼著被動。這些也都成為例行的儀式。當一切無法變換也無法被變換的時候，我們祇有另外找一個軀殼。

你會問：這些不同的軀殼都不一樣罷？就像我的老朋友呂勇樹問的差不多。我有一次搭上了他的計程車，他從後視鏡裡認出我來，大喝一聲，隨即煞住車，便轉回身和我攀談起來。他說他久聞我成為知名作家的事，感覺與有榮焉。隨即連聲說他一事無成，慚愧得很。不過闖蕩江湖多年，交了許多三教九流的朋友，吸收了許多生活經驗，這些都比念書拿學位有用；比如說有立委某人正準備吸收他擔任助理，日後若朝政界發展亦未可知……云云。最後他問起了我的婚姻。我搖搖頭。他立刻笑起來：「那以你的條件，一定有搞不完的馬子囉？每個馬子都不一樣，對不對？」

當我妹妹滿懷恐懼地問我：她會不會生下一個和她一樣糟糕的小孩的那個時刻，我會聯想起一個又一個外貌完全不同的馬子來。她們有的高些、有的矮些、有的肥肥膩膩的、有的乾乾澀澀的、有的唇上留有柔細的短髭、有的刮過腳毛的脛骨表皮仍舊扎人、有的口腔中隨時流溢出麥芽糖的香味、有的肩窩和脅下經常滲著冰涼的汗水……這些物質性的差異似乎是我僅存的、斷片的記憶——如果我肯努力回想的話，花一點時間我也能正確無誤地將那些軀殼的特徵和它們主人的名字嵌裝在一起；然而我寧可這樣說：那些馬子們和我妹妹至少有一個相同的內在——她們都不想生下一個和她們相像的小孩。

「你會不會想要有一個像你一樣的小孩？」我妹妹接著問我。

「像我一樣？」我顫抖地問著。

然後我想起我還是個小孩的時候的樣子。我奶奶牽著我走到眷村巷口鍾醫生的診所去打針，我嘴裡含著溫度計，站在條木長椅上凝視那一張張印了穿和服的美麗女子的藥品海報。我聽見鍾醫生安慰我奶奶的話語，我奶奶抽抽嗒嗒地低泣著，然後我拔下溫度計，朝四下張望一眼，隨即飛快地在一個美女嘴上印下一吻。

十八年後，我搖著頭答覆我妹妹：「像我的話，就不要長大。」

倘若我在燒成一隻小螞蟻的那時就死去，也許不會變成一個祇能例行軀體遊戲儀式的傢伙；要不，也許我的某一部分早在那時就已經燒死了，而活下來的部分祇會去尋找和它同類的軀殼——那些並不喜歡自己的軀殼。

聆聽與訴說

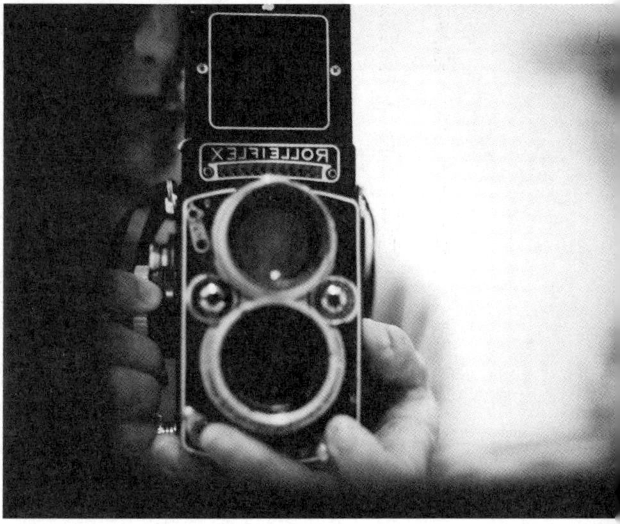

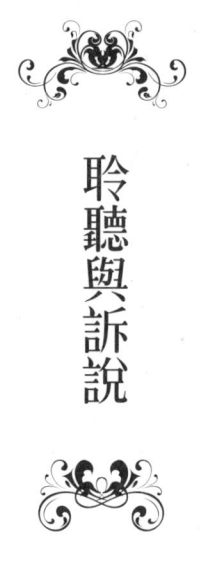

我妹妹和我曾經在一片精品店裡隔著兩面落地玻璃偷窺（以及偷聽）我爸爸演講。我聽入了迷，幾乎忘了他就是我爸爸。你知道：人在面對一、兩個人講話的樣子總和面對一群人講話的樣子不同，而我爸爸面對一群人講話的樣子確實是很迷人的。他變得很溫柔、很有幽默感，變得比任何時候都要誠懇與謙卑。我不認為他惺惺作態，我認為被眾人聆聽的那一刻講話者比較易於傾近美德。「我差一點真被他感動了。」我妹妹眼角閃爍著低聲跟我說。

在我們這個小小的三代家族裡面，聆聽以至於感動是稀鬆平常的事。我爺爺經常應邀在聚會所裡發表一些用生活印證聖經話語的演說。排定演說日子之前一個月，我奶奶就會打電話通知我爸爸、我媽媽，有時還再三叮囑我和我妹妹：別忘了提醒我爸爸和我媽媽。為了讓全家人充分獲得對聖經智慧和我爺爺生活體驗的感動，我奶奶總會在演說完畢之後，下廚調理一桌豐富的菜餚，供全家人飽餐一頓。我們從來不會明說：是為了吃那一頓才去聽演說的，因為那樣的話，我爺爺要受不了。

然而多少年下來，我爺爺的演說究竟演了些什麼？說了些什麼？我可記得不多，倒是我奶奶做的菜，總是令我難以忘懷。甚至我還因之而養成了一種奇怪的毛病；每當有人高談闊論之際，我的胃囊就會咕嚕嚕地作響，彷彿有一條小蛇在裡頭亂竄，竄得急了，有時連腰和背都會發麻，然後，一個令人肉體感動不已的念頭就清楚地浮現起來——我餓了。一點兒也不誇張：我看電視新聞評論、球賽戰況分析、聽政見發表會或者準備薙度出家的作家演講諸如此類，都不免飢腸轆轆。我妹妹知道我這毛病，她自己也一樣。她差一點被我爸爸的演講感動的那一刻我正在想我奶奶的一道點心：玫瑰鍋炸。她想的則是蓮蓉甘露酥。

我奶奶為什麼不寫食譜呢？這是我和我妹妹從小就有的疑惑。答案可能是我奶奶不會寫字；然而這並不能充分解釋她沒把做菜這門手藝傳給我爸爸、我媽媽乃至於我或我妹妹的遺憾。畢竟我和我妹妹曾經試著用筆記和V8攝影機為她作紀錄的努力也終告失敗了。

那道玫瑰鍋炸就是一個典型的例子。在我拍下的錄影帶上，破爛眷村裡用木桿、竹籬、石棉瓦拼搭起來的破爛廚房是第一景，我妹妹的旁白於此刻響起：「奶奶食譜第一章，玫瑰鍋炸。」

我奶奶一面拿手掌遮臉，一面笑說：「別鬧，做菜了。」

「請問奶奶：玫瑰鍋炸的材料有哪些？分量有多少？」

鏡頭移近廚房，搖晃得厲害，不過，依舊看得見木製調理檯上放置著幾枚雞蛋、一碗麵粉、半鍋清水，瓷盤裡盛著一小堆山形的粉末（後來我們知道那是豆粉），我奶奶手裡則抓著個白粉罐和一包芝麻。她靦腆地背著鏡頭，說：「就是這些嘛！」說時，她放下糖罐和芝麻，隨手拎過一隻空碗，朝裡「剁、剁、剁」，打了三枚雞蛋，用筷子攪散，和在麵粉裡，再回身舀了兩勺（或許三勺）清水淋上，另隻手捻了撮豆粉，繼續飛快地攪著筷子。

「分量呢？」我妹妹的旁白：「麵粉要多少？水加多少，還有那是什麼？」

「乾豆粉。」我奶奶說，一面把隻空耳鍋往瓦斯爐上一架，扭開火，熱它一陣，忽然就將先前那碗雞蛋麵糊倒進去，翻鏟子炒了起來。

我的鏡頭慌張搖晃地躲閃著油煙，祇見朦朧之中我奶奶在另一個瓷盤裡抹上一小團豬油之類的東西，遞到耳鍋上空用熱氣烘了烘，隨即下鏟一撈，把鍋裡炒熟的麵糊全給撈進瓷盤裡。

「待會兒晾涼了，切切，下鍋炸，邊炸邊扇涼，撒點兒糖水、芝麻、玫瑰花瓣，就成了。」我奶奶這才正對著鏡頭：「有啥好拍的？」

「可是你還沒講材料的分量啊？」我妹妹提高嗓子。

「人多就多炸點兒，人少就少炸點兒，別糟踐就成了。」我奶奶對鏡頭齜了齜她的鑲金門牙，這就是她的結論了。

V8攝影機在拍到奶奶食譜第九章或第十章的時候報銷。維修的工程師疑惑地問我：「怎麼會把攝影機搞得像抽油煙機？」我妹妹卻徹底地為我奶奶感到傷心起來。

「她根本不明白自己在做什麼！」我妹妹的意思是：我奶奶從來不了解她在那間破爛廚房裡一天三次、調理出四萬三千多頓飲食的事是多麼偉大的壯舉。

我奶奶那一輩的女人絕大多數當不了名廚並不是因為她們的菜燒得不好，而是她們從來沒有機會描述她們做了些什麼、以及怎麼做的。她們失去了訴說的能力。

機器不是這樣用的。維修V8攝影機的工程師跟心不在焉的我以及我妹妹說。那是一九九一年秋末冬初的某個假日午後；當時我在一所士官學校擔任教官，我妹妹剛剛升上高三，我們在日後許多個日子裡都還記得：家裡有一台送修的V8攝影機一直沒有拿回來，它還在某電器公司維修部的倉庫裡放著，也許沾滿了灰塵，也許被體貼的工程師包裹上一層防垢的塑膠紙膜，也許又給賣掉一次。而無論如何，我和我妹妹總是說：「有空去拿。」而已。就像我們總是說：「去看奶奶。」一樣；大部分的時候，我們訴說，並且在訴說的同時聆聽自己的聲音，好像因此便完成了什麼或實踐了什麼。

使我們兄妹遲遲不去領回那架攝影機的是另一個在我們這個家族裡面經常扮演聆聽者的我媽媽。

我媽媽在我爸爸畫展閉幕、發表致謝感言的前一天晚上終於崩潰，事前一點徵兆也沒有。當時她一個人在房間裡，開一盞小燈，翻看著多年以來她親手為我爸爸剪貼裝裱的幾千張剪報資料。我妹妹衝進我的書房（它以前是我爸爸的書房）告訴我：V8好像不能用了。這對我和我妹妹來說是非常非常嚴重的一件事。我們原本早已計畫好了，等到我爸爸畫展閉幕那天，我們要從預先藏身的、畫廊對面的那片精品店裡飛奔過去，橫越大廈光滑鑑人的走廊，推開所有擁擠在現場的人群。接著，我妹妹會走上前去，趁我爸爸還沉浸在驚喜情緒之中的那一剎那，抓起麥克風，發表一段駭人聽聞的譴責演說，我們要當眾揭發他在繪畫方面的造詣和折磨我媽媽的技巧一樣高明。我妹妹甚至盤算著要「講一件讓他一輩子下不了台」的事。而我，則在一旁用V8攝影機靜靜地記錄下這一切。

可是它突然壞了。啟動鈕按不下去，視窗裡一片漆黑，所有的示訊燈號完全不亮。我們換了兩組電池，情況依然沒有半點好轉的樣子。

然後我們捧著這架V8攝影機敲開我媽媽的房門，在暗沉沉的光線中看見我媽媽閃亮的眸子。我妹妹說了聲：「怎麼這麼暗？」便順手扭開了天花板上的照明燈。我媽媽肥胖的身軀半倚半靠地癱在床頭，一條毛巾被覆蓋著她的肚子和大腿，毛巾被上以及臥床其他的空間則散置著上百冊的剪報本子；這是我們再熟悉不過的一幕。我們甚至知道：當我爸爸升上某個被稱為「副座」的位置而不再寫任何採訪稿之後，我媽媽每天仍舊安靜地、精緻地剪剪貼貼，把一切她認為應該出自我爸爸手筆的文章裱進那皮裝燙金字的冊頁裡去。其中有幾家不同報社的社論、名作家的詩或小說、醫療科技的新知介紹、重大交通事故或天災，還有一大堆電影廣告。我妹妹竟然還發現過一篇蘇聯末代總統夫人蕾莎・戈巴契夫的自傳。

我媽媽起先祇淡淡地問了聲：「我在忙，你們又要幹麼？」

也就在這一刻，她發現我手上的V8攝影機，登時臉色煞白起來，抖手撥開剪報冊，拿毛巾被蒙住臉，怯聲顫道：「不要拍照！不要拍照！不要！」一面說，一面還摸索著抓起一本冊子又在面前遮上一層。

「我們祇是要找一支螺絲起子，一支小螺絲起子。」我妹妹說。

「不要拍。」我媽媽堅決地在剪報冊後面、毛巾被裡面搖著頭。

「我們沒有要拍，媽。機器壞了。」我說。

「我有病，你們不要拍我。我真的有病——不信去問爸爸；不能拍照。」

她說的「爸爸」是ㄅㄚˇㄅㄚˊ，我和我妹妹在很多很多年以前叫爸爸都叫ㄅㄚˇㄅㄚˊ，但是我奶奶反對我們這樣叫，她認為聽起來像叫「狗屎把把」的ㄅㄚˇㄅㄚˊ。在我爸爸面前，我媽媽一直喚他ㄅㄚˇㄅㄚˊ，我從不感覺她有什麼輕蔑或嘲弄之意；即使我爸爸真是鑾狗屎的一個傢伙，而他卻似乎是我媽媽唯一的依靠。我爸爸讓我媽媽在離婚協議書上簽了字，逢人還可能自感自歎地表示把我們兄妹養育成人、責任已了等等，他選擇遺棄這個家庭的時機真好——因為這時我媽媽碰到什麼麻煩還會說出「不信去問爸爸」的話。

現在我還不想告訴你：我爸爸如何設計了我媽媽的病況——即使說，我也祇能簡簡單單地說。因為在「聆聽」著的時候，我痛苦地發現「訴說」是一種可怖的能力。它能使事情的真相變清楚、也變模糊，變強、也變弱，變對、也變錯。

這是我妹妹差一點真被我爸爸的演說感動的原因，她閃爍著眼角，握我的手，當時我手上並沒有V8攝影機，它壞了，和我媽媽同一天崩潰。

笑的甦醒

我妹妹就像任何一個女孩子一樣，曾經經歷過一段愛發笑的歲月。現在我回想起那些歲月，並不能非常準確地說明：她為什麼要笑？然而，她真是那樣來對付全世界的。不錯，有些事實在好笑，像滑稽戲裡的胖子跌倒、獃子被旋轉的木梯打個正著、男扮女裝的傢伙胸前掉落橘子或撞球等等；或者你聽過那種把鳳梨塞進探險者屁眼、鯊魚咬掉粗啞嗓音男人的小雞雞之類的笑話；有些時候政治新聞或言情電視劇也會逗得人發出令自己頗為意外的笑聲。但是我要說的不是這些。

對我妹妹來說，那時候地球上發生的每一件事情都足以喚起她的笑。一個和她錯身而過時多看了她一眼的陌生人、一個問她今年幾歲或者在哪裡念書的長輩、一張貼在巨大看板上印著偶像歌手照片的海報、一陣不知從何處吹來掀動她衣角的微風、一段餐廳或電梯裡傳出的俗極了的音樂……以及任何一丁點兒不知道會讓她想到什麼事的小經歷，她都有辦法笑得出來。裝著牙齒矯正器的兩年和剛拆掉它的幾個月裡，她抿著嘴笑、捂著嘴笑，之後的一段時間，她讓牙齒露出來，還是笑。

我一直覺得那樣的笑是神祕且充滿羞澀和不安的；你甚至可以說：笑是她那時脆弱的武器。當時我爸爸早已不談佛洛依德，也扔下了他一度成天到晚掛在嘴邊的易經、老子和針灸奇蹟；而展開了一段為期不算短的地圖之旅。他大量地蒐集各種尺寸、比例、地區、用途和版本的地圖，並且要求我們全家人一起加入他的神遊狂想。有一天晚上，他在客廳裡展示一張據說非常珍貴的新幾內亞群島的地圖。那是我和我妹妹（也許我媽媽也一樣）第一次聽說世界上有一種「多布人」。我爸爸向大家解釋了很多關於多布人風土習性的生活細節。我祇記得：當他在說到多布人婚姻狀況的時候，我媽媽變了臉。多布人的婚姻情況之一是這樣的：倘若丈夫死去或夫妻離婚，子女就再也不能吃父親村落裡的任何東西，也不能接近那個村落；反之，如果母親死了，情形也一樣。我媽媽聽到這裡的時候輕輕歎了一口氣，站起來，捶著她開始發福的腰身，低頭朝廚房走去；我聽見她打開冰箱，猛灌蒸餾水的聲音。這時我妹妹突然笑了，她捂著嘴，笑得俯下身，勉強從牙縫裡迸出一句：「好奇怪，講這個幹麼啦！」

從那一天開始，我注意到笑這件事，以及這件事的不快樂。

類似於此的、並不快樂的笑，或許是我發覺我妹妹逐漸改變的關鍵。那種不快樂也非憂傷或痛苦；憂傷或痛苦似乎過於沉重，而我妹妹那樣年紀的少女即使已經有一種負擔生命重量的心情，卻未必真有那樣的力氣。於是，笑，便成為她們尋找生命之中各種複雜、矛盾或衝突本質的一把鑰匙。她們笑，人們看見那笑容，往來之間有極其短暫的一剎那，人們誤會她們的笑出於一種快樂；而她們則利用那一剎那去思索快樂以外的情境的意義。

當我妹妹仍舊以尷尬的笑容面對尷尬的處境的時候，我在一個或許是溜冰場或許是狄斯可舞廳之類——總之是有旋轉燈球和雷射光束的地方認識了小琪。我釣上小琪的話很簡單：「你笑起來像我妹妹。」天曉得哪個女孩子沒有那樣的笑容？

然而小琪並非不在意我說起我妹妹——儘管我從來不認為我像她所說的那樣「一天到晚我妹妹這、我妹妹那」；有一天她完全不顧忌樓下還住著她那個有點老年癡獃症的爺爺和老管家，便在緊閉而未曾上鎖的房門裡面大叫起來：「你妹妹你妹妹！那你去幹你妹妹好了！」她扣著襯衫紐扣，跳下床，一把扭開門把，然後赤身露體的我便不偏不倚地迎向一條長廊；長廊右側臨山的軒窗外吹來一陣穿堂涼風，左側的空房間則站著一扇扇色澤深凝的木門。我忽然有一種被全世界窺伺的錯覺，但是我並沒有掩蔽或躲閃，反倒站起來，雙手扠住腰眼，吸了一口氣。我的馬子小琪又喊了一句：「去幹你妹妹啊！」

我妹妹那年十二歲或十四歲？她在我赤身露體迎向陽明山特有的、帶著涼濕甜味的微風的那一刻在做什麼呢？如果她有穿越空間屏障的視力而瞥見了我那樣站著，會怎樣呢？笑？是的，她一定會笑的。

我的馬子小琪那天瘋了似地和我幹那件事，直到天亮。筋疲力竭之餘便悲哀地哭了。嘴裡反反覆覆叨唸著：「你不可以愛上你妹妹，你不可以愛上你妹妹！」她唸了一百次，也許兩百次，也許更多，然後我們一同睡著。醒來之後我差一點衝口而出告訴她那個「嫉妒是最好的催情劑」的理論，我忍住了。因為我不想讓她有太多關於自身情欲的醒覺。那時我還年輕（即使幾年以後的今日我也還未曾衰老），在未曾衰老之前，我對控有一個馬子的情欲是多麼不可自拔地自私的。我不要讓那些馬子們知道一點點省察自己情欲根源的方法，當她們一旦發現迷戀上某個男人的肉體可能來自她們本身靈智上的脆弱的時候，她們就會冷硬起來。讓她們嫉妒，讓她們瘋狂，讓她們比不快樂更不快樂一點。趁她們祇能以尷尬笑容面對尷尬處境的那一刻，停止她們的思考。讓她們沉沉地睡去。

然而這祇是剩下軀殼之後的我一廂情願的想法罷？小琪和那些馬子們會在你不知不覺的時候醒來，對你嫣然一笑。在那個瘋狂激情的長夜之後的白晝裡，我睜開眼睛，看見她那樣的笑容，它一點也不像我妹妹的。小琪仍然在扣那襯衫的紐扣，扣了又解、解了又扣，同時對我說：「有一天我會離開你，你永遠也不知道為什麼！」

我妹妹的笑又是從什麼時候開始有了那種嫣然的力氣呢？我可能也永遠不會知道。在我入伍服役的那個秋天，她已經是一所高工美術科二年級的學生，迷上有氧舞蹈和健康食物，可以喝一點酒，甚至隨身攜帶一包香菸和一只打火機。她到軍中來看我，我們坐在一棵巨大的垂絲榕的樹蔭底下。她告訴我：她開始做雕塑，交上了一個男朋友，我爸爸終於承認他和一個女畫家長達十二年以上的祕密戀情，我媽媽則放棄了她行之有年、但成效不彰的減肥計畫。然後我妹妹搖了搖頭，嫣然一笑。「很賤！你們男人。」她說。

那一天她除了報告家庭瑣事之外還提到一個名叫徐華的年輕女老師。那位老師借給她不少討論女性問題的書籍，讓她大開眼界，並且深深發掘出體內沉睡的「另一個自己」。那個「自己」告訴我妹妹（之後我妹妹告訴我）：男人嫉妒自己的父親占有了母親，所以發明了很多不同的神話。在那些神話裡，英雄殺死壞人或惡獸，拯救了國王；而被拯救的國王又正是某種「父親」的象徵，英雄拯救國王之後，讀者（當然還有發明這些神話的人類）便自以為償還了父親的養育之恩，從此也就可以理直氣壯地在心理上和父親恩斷義絕。恩斷義絕的另一面的意思就是理直氣壯地在精神上占有母親。

我對她說：「這是八十年前佛洛依德的陳腔濫調。」

「八十年後的男人還在做同樣陳腔濫調的事。」她說：「男人真的很賤！一輩子要玩很多女人，祇是因為他不能玩自己的母親。」

「你的男朋友呢？他也一樣賤嗎？」

「當然。」我妹妹笑著說。她在接下來幾個鐘頭的會客時間裡為我複習了好幾段當年我在大學和研究所上課時接觸過的佛洛依德。大意不外乎以男人為中心的英雄故事主人翁們如何假借宗教、政治或民族的糾紛製造戰爭，並在戰爭中確立男人英雄的地位；這個地位奴役著失敗的、罪惡的、拙劣的男人，更奴役著所有的女人。對於她的男朋友，她衹說：「我讓他知道他很賤，也讓他知道：我知道他很賤；不像男人，永遠不要讓女人知道什麼。」

我衹知道我的會客假毀了。在大部分的時間裡，我零星片段地聽見那幾個似近又遠的名字、術語，且適時點頭嗯聲應付著。事實上，另一個我卻一直在想著我爸爸、我媽媽乃至於我爺爺和我奶奶。

從來我就沒有能力和佛洛依德辯論什麼。當年我爸爸拿我妹妹當觀察對象，印證那老小子什麼肛門期、口腔期的理論之際，我就有了成見：能有那樣一個怪名字的傢伙一定不是什麼像樣的人物。之後，我爸爸和我媽媽討論甚至爭執著有關戀父、戀母的那些話題不期然傳入我的耳鼓，就變成再也清除不掉的烙印。有很長很長的一段時日，我總在擔心：我體內的某處藏著一頭怪獸，牠隨時可能撕裂我的皮肉，竄跳出來，噬咬吞殺我爸爸、強暴我媽媽。而且一次又一次重複幹這件事。每當我的視線中同時出現他倆的時候，那怪獸都彷彿可疑地存在了一下。問題不在於牠是不是確實存在？而在於你不知道牠是否存在。

這樣的洗腦會令人無從判斷：質疑自己的父親是否僅僅源於你想占有自己的母親？我爸爸偷偷摸摸幹了一個女畫家幹了十二年之久，當我因此而恨他的時候，竟然是為了我自己想要占有我媽媽嗎？如果把這恨意暫時拋開，我去想我爸爸那一部分：他之所以折磨我媽媽又會是為了什麼呢？同樣出自「戀母弒父」的連鎖動機嗎？我解答不出這樣的問題並不是因為我排斥佛洛依德，而是因為我從來都不曾了解過我爸爸、我媽媽以及所有的人。——那麼，這樣的不了解也還是因為我體內有一頭佛洛依德派來的怪獸嗎？我的會客假結束之後的那天夜裡，我夢見我妹妹騎在一頭怪獸的雕像上，以一種並不熟練的姿勢抽菸、噴吐散亂迷濛的煙霧；隨即我發現她其實是騎在我身上，我們在幹什麼？不要問我，我不相信我會作那樣的夢。可是我妹妹的確說了：「讓我們來罷！」起床號遠遠催迫而來的那一刻，我在蚊帳裡喃喃唸著：「其實你可以愛上你妹妹。」

呈甦醒狀態的男人願不願意招認或自白他對血親的性愛渴望呢？我不快樂地想著——即使在四下無人的時候；想到那個殘碎不全的夢以及半夢半醒之間的囈語，我會渾身搖顫一下，彷彿要甩脫什麼纏祟附體的東西，這時，我的五官糾結片刻，有如遭受雷殛，緊接下來，這個表情消散、溶解；剩下的，祇是微微向上牽動的嘴角的部分，它看起來像笑，我妹妹那種已經消失許久的笑。

死亡紀事

我妹妹唯一完成並保存下來的雕塑品是一尊兩尺長、一尺寬、一尺多高的金屬質料的像。它現在就放在我的書桌前面。像的頭部有幾個形狀不甚規則的窟窿——我把它想像成眼、耳、鼻、口之類；脖頸很細，但是好似榕樹的鬚根或燈籠的骨架一般縱橫交錯（可以稱之為林立或鏤空的樣子）；肩部、胸部和腰部有如一長串纍纍垂垂的葡萄，然而大小不一，最大的一顆在大約小腹的位置；接下來是兩堆提包鎖狀的、我稱之為屁股的東西；大腿小腿則橫陳一側，左腿向左伸展，右腿曲膝朝前——這兩條腿是整座像僅有的寫實的部分，也唯獨憑藉著這個部分，我們可以辨識出整體好像是一座「像」。它的題名是「活著的我」。我妹妹在我退伍那天把活著的她送給我，算是禮物。

「你的銅像？」我說。

她搖搖頭：「一部分是銅，祇有一部分。裡面（說著，她彈指敲了敲葡萄的部位）尤其不是。」

「那是什麼？」

「怎麼能告訴你？」她笑了起來：「反正很複雜，所以我忘了。」

那一天，她在一家人聲嘈雜的江浙餐館裡告訴我她懷孕的事。她的話語一直被鄰座的一個禿子嘹亮的嗓音淹蓋、打斷。那禿子在教同桌的客人如何正確地唱〈四郎探母〉中某一段「叫小番」的嘎調。

我爺爺很喜歡唱這齣〈四郎探母〉；大概他那一個世代所有的人都喜歡唱〈四郎探母〉。在這一方面，他和我爸爸完全不能溝通。有一次在我爺爺住的破爛眷村院子裡看我爺爺和另外一堆爺爺們唱著〈四郎探母〉。我問我爸爸四郎是誰？我爸爸說大概是四郎、真平漫畫裡那個四郎罷？我爺爺一邊拉著胡琴一邊扭頭衝他說：「放你的狗臭屁！」演唱到某個段落的時候，我爺爺指著那個扮唱四郎的爺爺說：他叫楊延輝，排行老四，所以叫楊四郎。他的爸爸和五、六個兄弟都在一場戰役之中死光了，祇有他流落番邦，改名換姓、娶了遼國的公主，才活下來。很多年以後，這個四郎太想念久別的母親，所以偷偷逃出宮廷，連夜騎馬到邊界上見了母親一面。我記得那是一個悲慘的故事；楊四郎長了一顆像蓮霧的紅鼻頭，不停地抽菸、喝濃茶、吐痰在小花圃裡，是個可憐的爺爺。

幾年以後，那個楊四郎爺爺坐在一架從美國飛回台灣的飛機上，向空中小姐要了兩個枕頭、兩床毯子，然後他就在睡眠中死了。我爺爺帶著我和我妹妹去參加那個喪禮。喪禮上有人唱聖詩、講道，我睡著一、兩次，但是我永遠不會忘記最後的部分——楊四郎爺爺躺在一口盛著鮮花、覆蓋了象牙色緞面的黑銅棺材裡，穿一身黑灰相間的細紋西服。人們圍著他走一圈，看他。我爺爺抱著我妹妹，還得一拐一拐地撐手杖，走得極慢；我走得快得多，一走走了兩圈，發現死者的臉頰比常人紅些，而原先那顆像蓮霧一般的紅鼻頭卻是慘白的。這是我初識死亡容顏的經驗。它使我會說故事。

我曾經加油添醋地把這個經驗轉述給小學同學，告訴他們：楊四郎爺爺是自殺的。自殺，一樁多麼神奇的事。

我的小學同學追問我怎麼知道那是自殺？這一點難不倒我；我說楊四郎爺爺在枕頭套裡塞了一封遺書，抱怨他移民美國的兒子、媳婦太不孝順，所以他就決定不想活了。比較困難的部分是說明那自殺行為的技術性細節。我於是為楊四郎爺爺編織了一個完全虛假的過去：他以前在大陸上有很多兄弟，可是在一次和寮國打仗的時候全都死了，祇剩下他。改名換姓，娶了寮國的老婆，才活下來。因為他變成地下工作人員，所以很多事必須偷偷摸摸地幹；比方說：趁寮國土人不注意的時候學習他們的「意志殺人術」。什麼叫「意志殺人術」呢？那就是一種憑藉心靈的力量使別人翹辮子的法術。學這種法術要先學會打坐，然後非常非常專心地想一個人，想他的長相、聲音、動作等等。到想得完全清楚的時候，祇消用力咬一下牙齒，即使那人在很遠以外的地方，也會喉管斷裂而死。我故事裡的楊四郎爺爺利用這套法術幹掉每一個接近他的寮國人，最後終於逃回台灣。但是他的兒子們恨他也用法術害死了母親，就移民去美國，再也不理他。故事的結局當然是在飛機上，我的楊四郎爺爺向空中小姐要了兩個枕頭、兩床毛毯；一個枕頭墊在後腦勺上，一個枕頭抱在懷裡，兩床毯子蒙住全身（以免作法時傷及其他無辜的乘客）。楊四郎爺爺開始回想自己的一切，當他的一生被自己了解得再清楚不過的那一刻，他咬牙結果了自己的生命。

我的小學和國中同學黃安邦在很多很多年以後還記得這個故事，他在一次同學會上向每個人分發一張保險公司印製的襄理名片，以及這個意志殺人術的故事。他稱道我是個天生的作家，可以創作出令人難以或忘的情節，拿他來說罷：他每一次搭乘飛機，都不免懷疑鄰座那個蒙頭大睡的傢伙正在進行自殺的勾當。他喚起我對楊四郎爺爺所有的記憶，不過他另有目的，除了稱讚我故事說得動人之外，我猜他還是希望我們這些老同學都很羨慕他經常坐飛機全世界各地跑來跑去。

那次同學會結束之後，我醉眼迷茫地跟著一個叫什麼莉珍的馬子回到她高居某大廈二十樓的小套房。小套房裡到處洋溢著清香劑、芳香油、香精、香水的混合香味。什麼莉珍說她小學時代坐在我旁邊一個學期，那時她頭髮焦黃、牙齒歪曲、功課奇爛無比，可是偷偷喜歡過我。我並不記得那些，祇覺得長大以後看起來美豔動人的她大概是什麼富商的小老婆之流。她沒有工作，一屋子名牌衣物、首飾和幾百張貴賓卡、簽帳卡。她把那些卡撒了個雪片紛飛。說：「我其實活得很辛苦。」之後，她脫光衣服，披上一襲可能是貂皮之類的柔軟皮草，在窗外透進來的一明一滅的霓虹燈光中用那種近乎哀求的語氣問我：「幫我寫一個故事，我的故事，好不好？然後我就可以死了。」

她的故事和現實裡每個人的故事都差不多：主人翁經歷了一點什麼，然後再也無法恢復或回到之前的狀況，就好像楊四郎見了久別的母親一面，或者什麼莉珍參加了一次小學同學會這類的事情，祇會讓主人翁發現：活著，其實是一次又一次小小的死亡經歷的累積，我們累積了一天的生命，就意味著我們無法回復到這一天以前的生命。主人翁發現了這一點就會感覺非常非常悲哀，因為生命的現實居然就是死亡的現實。更悲哀的是：在現實裡，他或她從來不是什麼主人翁。從來沒活過，而且一直是那麼不重要地死著；於是祇剩下最後一個希望：「幫我寫一個我的故事，好不好？」

我從沒有把什麼莉珍那卑微且俗濫的故事寫出來過，我妹妹因之而在我服役期間一次前來會客的談話中譴責我是「文學的奸商」。因為我利用自己作家的聲名和什麼莉珍狠狠地幹了好幾回合，卻沒有履行那個寫故事的承諾。她認為我的行徑是不義的，甚至遠不如那個提供小套房、貂皮和簽帳卡給什麼莉珍的富商。我妹妹振振有辭的譴責使我有好長一段時間不願意再和她提起我的羅曼史。儘管我可以抗辯說：性愛有它自身的動機和目的和價值；然而我既不能否認前後幾次去那間位在二十層高樓的小套房的目的其實根本不是什麼莉珍的爛故事，而是她敷染著各種香味的肉體；就不得不承認這「奸商」的指控在多麼幽微之處是多麼地準確。

我妹妹會以同樣嚴厲的詞句去指責那個讓她懷孕之後忽然消失的小子嗎？我現在稍一前俯便伸手可以觸及「活著的我」的那尊像。到目前為止，我還不知道：我妹妹在做這尊像的時候是否已經懷了身孕？是否已經談了戀愛？或者是否已經預言到她的生命中必將經歷過一程體內的死亡？我正在用一種完全不合於藝術專業要求的眼光去閱讀這座像，我想從它身上讀到的是「我妹妹活著的意義」。我妹妹意識到她自己是個面目模糊的人，才在雕像上隨意布置了幾個窟窿嗎？我妹妹感受到生活中種種令人窒息的壓力，才讓雕像長了一截到處破綻漏洞的脖子嗎？她認為女性的肉身有如一串豐盈多汁的果實或畸形蔓延的囊腫或兩者皆然，才給了雕像一截沒有抓攫和擁抱能力的、無臂膀的軀體嗎？那麼，兩把提包鎖交扣而成的骨盆和臀部又是什麼意思？孕育生命的機關不宜輕易開啟？飽藏著無限母體動能的裝置已經封閉？——那麼，她為什麼又懷孕了呢？

「活著的我」是一個活著的謎，唯一有解答的部分是雕像的一雙腿。它寫實，無論比例、輪廓、肌理線條都無疑摹擬著我妹妹的一雙長腿。然而為什麼又祇在這個部位我妹妹具體而微地複製了她真實的自己？

「祇有在這樣走走走走的時候，我知道我活著。」我妹妹曾經告訴過我。

那天我還沒退伍，剛從溪頭和一管馬子分手，回到台北聽說我爸爸和我媽媽離婚的事。我妹妹和我並肩在這城市的外環道路上漫無目的地走著——也許出於某種試圖回到生命中過去的某一點的潛意識罷？我們走回我爺爺和我奶奶住的破爛眷村。推開那一扇從不上鎖的院子門，我指了指小花圃旁邊一片五坪大小的、用紅磚鋪設的空地，悄聲告訴她：「這是爺爺拉胡琴唱戲的地方。」

當時我爺爺睡得正熟，我奶奶在打麻將伴侶電動玩具。一邊按鈕摸牌、吃牌，我奶奶一邊告訴我們村子裡最近的狀況；也就是比較新的關於死亡的消息。像：某爺爺在浴室裡摔了一跤，過去了。某奶奶肺癌拖了那麼多年，還是沒拖過去。某媽媽在村子口出了車禍，也過去了。隨後我奶奶關掉遊戲機，說要下麵條給我們吃，還說：「能吃一點兒，是一點兒唄！」

就在那個深夜，我妹妹突然問我：「你有沒有想過你會怎樣死掉？」怎麼會沒有？我是一個作家，作家不就是那種一天到晚把生命中隨時寂滅地發生著的死亡搬演到紙上、並使之無力地復活的動物嗎？我輕輕地把一根麵條吸進嘴裡，小心地不咬斷它，同時定眼注視著尚未浮出麵湯的半截在幾片菜葉底下掙扎扭擺的樣子。坦白說：我討厭用這個話題配麵條。

「你有沒有想過你活著就會讓另一個人死掉？」她開始拿筷子把麵條絞成一截一截短短的、肥肥的、像某種小蟲子一樣的形狀。

我沒有答覆她的問題，祇是警告她：不要玩吃的東西。我繼續大口地吃，思緒飄走，飄過說著夢話的我爺爺和一頂蚊帳、飄過種著七里香的小花圃、飄過幾排黑瓦密覆的房舍屋頂，飄過幾條街以外；在一間高踞於某大廈二十層樓的小套房裡，也許有一個叫什麼莉珍的女人，她一直認為自己活得很辛苦，她希望有朝一日能在一個故事裡活得有尊嚴一些、主人翁一些，然後她就可以死掉了。我喝完自己碗裡的最後一口湯，打著嗝，聽見我爺爺喊什麼人的名字，便又端起我妹妹那碗麵，猛灌一口，想著什麼莉珍在我的下一篇小說裡也許可以自殺。我可以為故事裡的她安排一個具有高貴意義的自殺動機。

是的。吃下兩碗麵的我已經活到一個可以替活著這件事找到各種藉口的年紀；同樣地，比起小學時代祇知道胡謅意志殺人術、意志自殺術的我更能為死亡找到意義。或者我可以讓什麼莉珍在小說接近結尾時頓悟到什麼？比方說：卑微地苟活的她當過幾十個男人的小老婆之後，發覺自殺是一件向無上權力中心挑戰的事。如果依照我爺爺那麼虔誠的教徒的說法：生命係由上帝賜予，自殺則無異於蔑視和糟蹋上帝的一種犯罪。於是我就可以在小說裡指派我的什麼莉珍去向統治生命的上帝篡奪那權力。她的自殺象徵著擺脫權力；死亡就在那權力的極限上。什麼莉珍從二十層高樓上一躍而下，經過幾支忽明乍滅的霓虹燈管，摔落地面——甚至我還可以安排她摔落在鋪設了紅磚的、有很多人唱〈四郎探母〉的這個院子裡；這個墜樓事件的高貴動機就是顛覆掉生命根源的神聖性了。

陪我妹妹動墮胎手術的那天，我告訴她：她沒有做錯事，她祇是剝奪了一個小生命痛恨自己生身父母的權利，如此而已。我試著用一套辯證法向她說明：活著、活下來、活過一輩子是極端痛苦的事，正由於生命痛苦，所以生命中必然伴隨著對生命根源的恨意。然後我頭一回向她告解：當年她尚未出生，我被我爸爸強行留置在破爛眷村裡養病的過程，我回憶說：「那是我第一次發現自己有恨意，而且對象是自己的爸爸——而且還恨得很對！」

「你他媽那個時候一定恨死我了。」我妹妹說，伸手抹掉眼角的淚水，又抓起我的手腕，苦笑道：「我一定很可惡的，我一直都是個很可惡的王八蛋對不對？」

我搖搖頭，反問她：「你記不記得有一次你問我：人活著就會讓另一個人死掉的事？」

她不記得了。她很容易忘記那些不經心卻影響了別人的事；我也一樣（我不也有好多年忘記過那個楊四郎爺爺的故事，而它卻一直讓另一個人在飛機上惴惴不安嗎？）然後我拍拍她的手背，說：「我們本來就在做、而且一直在做一些『讓別人死掉』的事。」

不祇是楊四郎爺爺、什麼莉珍、還有無數個曾經在我的胡謅或小說裡死亡的人物。不祇是他們；也不祇這個在真實世界裡才孕育了三個月的胎兒。但凡有人生存，這生存必然透過某種隱祕的秩序在導致另一個生命的死亡。我含含糊糊地跟我妹妹這樣說，在這樣說著的時刻，我也許根本不相信那些話語，我祇是想清除掉那些或許會啃囓我妹妹一輩子的、毀掉一個小生命的罪惡感而已。

「我想起來了！」我妹妹的眼眸忽然一亮：「那一天我們在奶奶家，我問你的。因為奶奶說一個什麼媽媽被車撞死了。」

我說是。我妹妹說你知道我為什麼會那樣問你嗎？我說不知道。我妹妹說當時她正在想我媽媽。

我媽媽曾經在二十八年前目睹一樁大車禍，車上擠了九十一個大人和小孩，車禍發生的時候她就在路邊不到幾公尺遠的地方拍照。二十多年來她一直認為那起事故和她有關。她目睹死亡，甚至還在某種不明究竟的衝動之下拍攝了幾十幀記錄死亡的照片。事後她逐漸地、平靜地、溫文而柔和地崩潰，其間幻想過不祇幾千幾百次：我和我妹妹都是車禍中某個殞身的亡靈。

我們都會這樣罷？在接近死亡的容顏的時刻，產生了述說故事的能力。這種能力迫使活著的人從內部開始懺悔，懺悔生命的存在是一種依附無上權力中心的狀態；也正由於這懺悔如此虔敬而真誠，遠遠超乎我們對神和宗教的攀緣，我們也才有機會擺脫對生命的戀棧；我們也才了解活著其實是一次又一次小小的死亡經歷的累積；我們也才敢於承認我們擁有自殺的神奇本能。

終結瘋狂

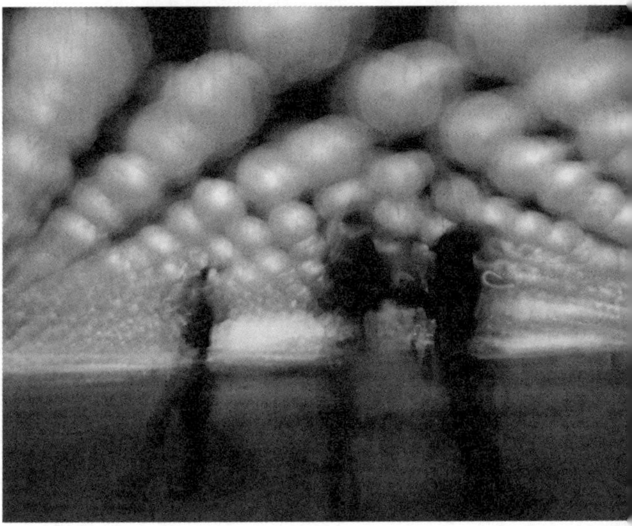

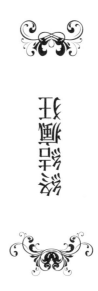

我妹妹第一次面對遺傳學困擾的情景我還記得非常清楚。當時我奶奶牽著她的手，走在我前面三步、也許五步的地方。我們經過破爛眷村巷口的那排店面，去吃芝麻糊。我奶奶告訴我妹妹：這是豆漿店、賣燒餅油條的，這是五金行、賣掃帚畚箕鐵絲紗網的，這是理髮館、賣人頭的——因為人頭不能賣、賣了就死了，祇好賣幾撮頭髮充數；這是……

「這是救你哥哥一條小命的地方。」我奶奶停住腳步，抬手指了指對街鍾醫生的診所兼藥房：「那大夫是個獸醫，可醫術是真高明。」然後她像緬懷著什麼似地搖了搖頭、歎口氣，仔仔細細交代了鍾醫生的太太是日本人，皮膚又白又嫩，他們的幾個女兒皮膚也又白又嫩等等，幾乎忘了芝麻糊就在我們的身後。

「龍生龍、鳳生鳳。」我奶奶說。

「老鼠的兒子會打洞——」我說：「吃芝麻糊了啦！」

我妹妹接下來這樣問道：「那——老鼠的女兒會不會打洞？」

對於能否繼承我們祖宗八代的什麼，我想每個人都由衷地有過一些好奇罷？在我所能觀察到的這個家族的三代之間，我就可以作一點小小的分析和研究。我爺爺在我妹妹出生那天跌斷了一顆門牙，此後經常無意識地噘起上唇並迅速往下覆蓋，企圖遮住那顆殘餘的、缺少同伴扶持匡正便恣意往前歪擠的門牙——這祇是一個後天練就的小動作，和遺傳沒什麼關係，但是我爸爸畫展閉幕那天，我居然也在他的臉上（更準確地說是嘴部）看見一模一樣的動作。在那面積不及十平方公分的一小塊皮膚和肌肉上，一定分布著某種差不多形態的神經系統，它傳遞著那個來自大腦的「遮住門牙、遮住門牙」的訊息，上嘴唇附近我們稱之為「人中」那一帶的皮肉便緊張地牽動起來，往上噘、往下蓋，猶如接吻魚。

我爸爸那條接吻魚的畫展閉幕時相當風光；大部分的作品下方都貼上了紅條子，那意味我爸爸的社會關係動員得不錯。他站在一張八十號的大畫前面，手裡握著杯香檳或維他命汽水之類美得冒泡的飲料，向每一個前來捧場的觀賞者點頭致意。他那個老情婦女畫家也滿臉笑容地站在一張桌子或櫃檯的後面；她穿一身鏤花的黑薄衫、黑短裙和黑網襪，注視著畫廊裡下一個可能買下一張什麼東西的獵物。我妹妹和我隔著兩層玻璃門，站在畫廊對面的一爿精品店裡，時而交換一下視線，那意味著我們都在估量：什麼是進入畫廊最恰當的時刻？我們著實守候了好一陣子，其間我忽然發覺我爸爸也會像接吻魚那樣掀嘛上唇，這使我立刻想到遺傳這件事。

表情也會遺傳嗎？動作也會遺傳嗎？聲調、語氣和態度也會遺傳嗎？情緒會遺傳嗎？舉個例來說：喜悅；喜悅會不會出自某種遺傳？還有悲傷；悲傷會不會出自某種不同於喜悅的遺傳？倘若那些卜者、命相家、星座迷對人類不可知不可測的未來能夠如此言之鑿鑿，彷彿一切都已經在宇宙初始完全決定，那麼，我妹妹和我在畫展閉幕那天的忿恨與冷漠之感，恐怕也早在開天闢地大洪荒大爆炸之前就遺傳下來了罷？所以我可以這樣告訴你：報復的意志也是如此，它早在任何一件值得報復的事發生之前、任何一個值得報復的人誕生之前，就已經遺傳下來了。在敘述報仇這件事之先，我能夠提出的看法可以說沒有什麼了；倘若一定要申論的話，或許仍舊要講一點和遺傳有關的罷？

比方說：我爸爸用各種知識去探索我媽媽、了解我媽媽、折磨我媽媽的過程；那是可以從我爺爺和我奶奶身上找到些蛛絲馬跡的。我爺爺宣布我奶奶是異教徒和法利賽人的時候，我妹妹大約還在我媽媽的子宮裡發育著她的手、腳以及比例上顯得大而無當的腦子。我爺爺則整日裡擔心獸醫把我高燒不退的腦子治成一隻豬或什麼其他的動物。他橫身擋在門口，一手捧聖經，一手推著老花鏡，厲聲阻止我奶奶，說：「你不上教堂、不懺悔、不做義事，還帶孩子去讓那獸醫看！你知不知道他娶了個日本婆子？娶日本婆子的有什麼好東西？」

我奶奶把我往後推了推，自己也倒退了一步，吼道：「你讓不讓開？」

她大約早就知道我爺爺是不會讓開的，登時一腿抬起，踹上我爺爺的脛骨。我爺爺身形一歪，書也掉了、老花鏡也砸了，門口卻讓出一道空隙。我奶奶回身揪住我，一把扛上肩，奔進巷子裡。我聽見我爺爺還在屋裡喊：「異教徒！你這個異教徒！法利賽人！」

我退燒之後，我的異教徒奶奶開始上教堂、作祈禱。基督信仰對她而言大概和到廟裡燒個香、還個願之類的事差不多。她可能也對一大堆人圍在一起唱聖詩、交換一下日常生活裡的小經驗、小想法等等活動並無惡感。我不敢說我奶奶是否虔誠，不過，即使她是由於我奇蹟般地痊癒而成為神的子民，也不該受到我爺爺那樣公然的指控的——雖然我爺爺用的是一種暗示的語言。

那是春天裡的一個週日上午。我爺爺站在台上證道，證的是《聖經·德訓篇》廿五章裡的一個什麼道。他唸了一段經文，說：「一切打擊都可忍受，但不願忍受心中的打擊；一切惡毒都可忍耐，但不願忍耐婦人的惡毒；一切侵害都可接受，但不願接受仇恨者的侵害；一切報復都可承當，但不願承當敵人的報復。沒有比蛇毒更毒的，沒有比婦女發怒更咆哮的——」唸到這裡的那一瞬間，我看見我爺爺瞟了我奶奶一眼，我順著他的視線看過去，我奶奶似乎並不覺得她被諷刺了什麼；她祇是專注地、馴服地、帶著極其謙和的微笑地點著頭，深深以為然似地。

我永遠不會忘記那甘於受辱且無知於侮辱惡意的一幕。如果我記得不錯，從那一刻起，我就再也不曾認真地祈禱過什麼、再也不曾誠心呼喚過上帝和主耶穌基督的名；因為我確信：上帝或主耶穌基督在聖經裡說的話都可以被一小塊、一小塊像切豬肉一樣切下來，加上怒意或惡意的作料，用在任何一個像我奶奶那樣無知的老太太的身上。

我爺爺和我奶奶吵吵鬧鬧維持了半個世紀的婚姻還會維持下去，這裡面的道理也許複雜、也許簡單，也許祇是我不了解而已。等到我逐漸長大，仍忘懷不了我爺爺那樣荒謬又嚴厲的諷刺時，我也開始有了成年男人那種獨特的、自私的、充滿利刃般嫉妒之意的情感。然後我刺探了一回。我問我爺爺：聖經上說「沒有比蛇毒更毒的，沒有比婦女更發怒的」那是出自哪一個章節？

「『沒有比婦女發怒更咆哮的』，」我爺爺先糾正我，再不假思忖地答道：「〈德訓篇〉二十五章，十七、八節附近。」

我反覆研讀了幾遍，發現裡頭更有著無窮的意思。其中自然不免在指控婦女之惡除了淫蕩之外，還有嫉妒別的婦女、還有多言、還有……而我不免也因之揣想：當年我爺爺那樣在會眾面前暗虧我奶奶的時刻，是不是也太多言了？是不是也太嫉妒那個鍾醫生了？是不是這樣呢？正因為他裡面糾糾纏纏了那麼多瘋狂的、罪惡的念頭，無法釋出，就祇好像切割豬肉一般凌遲那些話語，再把它炒成一盤報復的葷食，塞給他假想的愛人和敵人。——我不想騙你，我也這樣做過。從我寫作之初大約已經學會這種切肉式的方法，把人們的經驗、話語、我的感受、幻覺和那些看來頗有智慧的知識攪和在一起，切切切，炒炒炒，端出一盤隱藏了怒意和惡意的菜餚；一種葷食性的、絕對充滿嫉妒之情的聖餐。我不必說這是遺傳自我爺爺的烹調本能，它的起源還要早得多，可以追溯到宇宙初始。

我的生命的直接起源，發生於一九六五年八月中的某一日。被求知欲所激昂起來的性欲鼓舞著一大隊精子射入我媽媽體內。我便遺傳了兩個家族綿亙不祇八代的血肉；它是葷食性的。十幾年之後，我媽媽變成素食者，我爸爸的婚姻生活開始乏味起來。他早已有了別的性伴侶，又再也無法在家享用他所期待的食物，於是他祇好開始折磨我媽媽。

我一直不知道：他是怎麼想到這一招的？也許在我意識到這是一招之前他已經試過很多次。無論如何，我必須承認：我爸爸利用他淵博的知識來挽救他個人的婚姻樂趣的確很有一套。那時我已經念國中，我妹妹還在幼稚園打混，我擁有一台專屬自己的收錄音機和兩支便當盒大小的喇叭箱，人們稱為床頭音響的東西。事情發生前的幾分鐘，我妹妹把我的喇叭箱電源線和另外一堆五顏六色的電線胡亂綁成一個毛線球一般的玩意兒，然後用兩枝筷子比畫來、比畫去，我當然知道她是在模仿我奶奶打毛線，我揍了這個四歲、也許五歲的奶奶一巴掌，她大哭起來，哭得聲震鋁門窗。可是你知道的：一家父母俱全，兒女爭吵打鬧，其中最有資格哭泣的一員如果持續哭了三分鐘而沒有獲致任何反應的話，那就表示在這個屋子裡面還有更嚴重的罪行正在發生。我妹妹首先止住哭泣，一面抽搐肩膀，一面聚精會神地聆聽起來。我也跟著發現：房間外面傳來一陣陣猶如夏日午後那般密密匝匝的、敲著玻璃的雨聲的話語。我直覺到那是一個祕密，像咒語一般的祕密。

我輕輕扭開門鎖，讓語聲透得更清楚一些。

「是不是這樣的情況呢？」我爸爸反反覆覆問了好幾遍。其間我又把門縫開大一些，從短短的走廊一角的牆緣看過去，看見我爸爸的背影，他略略向前躬著身，腦袋朝右偏傾，客廳裡那盞落地燈把一圈金黃色的光芒敷在他稜線分明的側臉上，他看著我媽媽。我媽媽也祇露出左側的半張臉；然而她整個輪廓是黑的，未曾暴露任何表情。可是我從我爸爸斷斷續續的語聲中聽到她低泣的聲音。我妹妹這時在我身後喊了一長聲：「媽——」沒有人理她，我扭頭把食指豎在雙唇中央，她大約以為這是另一個遊戲。「媽！哥——在偷看。」

真正在偷看的還有我爸爸。他偷看得太專心，以致根本沒聽到我妹妹的呼喊。他繼續跟我媽媽說：「你為什麼還要否認呢？這有什麼好否認的呢？你就算承認又有什麼關係呢？事情總要面對的嘛！是不是這樣的情況呢？」

「我沒有。」我媽媽低低應了一聲，她的頭影左右劇烈地搖起來。

「否認並不能改變客觀事實的，你為什麼要否認呢？來！告訴我這個問題的答案好了，我們換這個問題：」我爸爸伸手拉起我媽媽的手，一個字、一個字地說：「你。為。什。麼。要。否。認。呢。」

「我——」

「我祇是問為。什。麼。你不要抗拒。」

「我——」

「說啊！為什麼要否認呢？」

「我——怕！」

「是了，怕！恐懼！」我爸爸拍拍我媽媽的肩膀，溫柔地說：「好了，我們今天就到此為止，下個禮拜再繼續。」

我在這一刻撇頭看看門後掛著的小日曆，這天是星期四，我爸爸例休的一天。之後我每個星期四都會注意他們的動靜，一直過了七個禮拜，我媽媽終於承認了我爸爸要她承認的事：她的精神狀況有很嚴重的問題。

直到那麼許多年以後，我妹妹和我站在這爿精品店裡，我們計畫好一個惡作劇，等著要付諸實施。而就在同一刻，我媽媽大概剛剛睡著罷？早上我和我妹妹離開療養院的時候，一個顏面神經有一點歪斜僵硬的女護士告訴我們：從今天起，我媽媽會按時吃飯、睡覺、打針、服藥，比較不容易胡思亂想什麼的。如果女護士說的不錯，我媽媽此刻或許剛剛吃過一包包著紅黃色膠囊和淺藍色錠的藥，沉沉跌入午睡的夢裡。直到此刻，我都不得不這樣相信：我媽媽是在一種無力抗拒的情況下被我爸爸費盡心力地說服成一個瘋人的。

我妹妹這時對我昂了昂下巴，我轉過頭，穿透兩層玻璃門，看見我爸爸正在向一個穿三件頭西裝的男子解說他那張八十號的大畫。一身黑的女畫家則仍舊站在原處，不過她的動作——她的動作很有了一些令我和我妹妹吃驚又眼熟的變化。她在擦那只桌子或櫃子的檯面，用一張薄薄的面紙一類的東西擦著。擦過之後，她踩著高跟鞋，繞過人群外側，走向角落，把紙巾扔進垃圾桶裡。然後她走回原處，含笑與人招呼，又抽出一張紙巾，往復擦拭那檯面。

我妹妹在這時候愣了愣（我想我也一樣），而我們同時確信了一件事：這個女畫家正在做一件和我媽媽一樣的事——我指的不祇是那小小的、不易為人察知的潔癖，而是誘惑我爸爸把她自己逼瘋掉。

瘋狂會不會遺傳呢？大部分我所接觸過的正常人都可能接受這種歸咎於祖宗八代的看法。我爸爸就不祇幾十次地在每週四他例行的和我媽媽的心靈溝通之中這樣告訴她：

「你要回想一下你的狀況，不祇是你以前的經驗，還有你爸爸、你媽媽、你祖父母、曾祖父母的事情；你的潔癖會不會是遺傳性的呢？」

我媽媽通常的反應是搖頭，後來我猜想她其實很喜歡那樣默默流著眼淚搖頭；那是一種可以激發我爸爸繼續探索她、了解她、折磨她的鼓勵。我爸爸被我媽媽鼓勵著確認她是個需要治療、需要拯救、需要他的靈魂。

「你要不要再多想一想，不要急著否認——當然也不要急著承認；」我爸爸後來會這樣說。那時他迷上了《易經》、《老子》和針灸術，也經常用這些來幫助我媽媽更加依賴他，他的無休無止的關愛以及說話。我爸爸跟她解說古書、替她扎針，到後來還展示各種地圖帶她神遊世界各地。然後問她：「有沒有感覺好一點？」

我媽媽微笑、歎氣、搖搖頭，開始擦桌子、擦椅子、洗衣服、拖地板。清滌一切她所能清滌的。

當女畫家扔掉第三張紙巾的時候，我爸爸已經在致辭了。他首先感謝報社的長官、感謝各界愛護繪畫藝術的人士，繼而感謝女畫家。這時我和我妹妹迅速走到精品店門口，推開玻璃門，三步併兩步邁過走廊，再拉開畫廊的玻璃門，讓正在說話的我爸爸不期然地看見我們。他開心地笑了起來，以一種完全可以預料的姿勢攤臂迎向走在前面的我妹妹。

「當然，我還要感謝我的兒女。他們能來，我實在太高興了。我兒子——大家可能知道；他是個年輕的作家。我女兒，是未來的雕塑家。老實說：我有一點點驕傲，我們家族，也許有某種遺傳罷？」

在掌聲之中、笑聲之中，我妹妹抓起麥克風，嫣然一笑：「謝謝爸爸。我，我想這是個難得的機會，我想藉這個機會介紹一下我自己的作品。」

我爸爸又帶頭鼓起掌來，這一回連女畫家也稍稍熱烈些地拍打著兩隻手，她拍得不太響，因為手心裡還攢著張紙巾的緣故。

「我的作品，是『我剛剛拿掉一個小孩』；之所以會有這個作品，一方面是因為我不太清楚那小孩的爸爸是誰；一方面也是因為我不放心我自己的遺傳。我媽媽瘋了，今天剛剛住進療養院，我想，這樣的遺傳不會很好。謝謝！」

我妹妹始終笑著說這番話。她的笑使在場上百名衣冠整潔的人士不能確定那是一番真話或是假話。祇有我爸爸，站在我妹妹旁邊的我爸爸，他愣著，眼眶迷濛閃爍著，但是長年以來掌握發言權力的習慣並沒有立刻瓦解——至少他還記得接過麥克風來，像一個癡迷的歌手那樣握住，哀悽地說了三個字，無力，但是充滿真實的情感：「你，瘋了？」

我妹妹瘋了嗎？我祇知道她一面揮手向人潮致意，一面說：「那是遺傳！」

附錄 I

旁觀我妹妹靈魂活著的謎

陳美桂（北一女教師）

辛波絲卡有一首詩〈頌讚我妹妹〉：「我妹妹不寫詩／她絕不可能突然提筆寫詩」，就是這樣寫詩以及不寫詩的不同，詩人姊姊說：「在我妹妹書桌裡沒有舊的詩／在她手提包裡也沒有新的詩／而當我妹妹邀我共進晚餐／我知道她並沒有為我唸詩的打算／她不需稍試，即可做出絕佳的湯／她的咖啡不會濺到手稿上」。詩中頻頻出現的「我妹妹」三個字，原本口語地登不上「詩」之檯面，但那確是人人成長過程中最左鄰右舍的一句：「我妹妹如何如何」……。小說家張大春的《我妹妹》就更恣意、更不簡單了，除了以「我妹妹」為核心外，還有「我爺爺」、「我奶奶」、

「我爸爸」、「我媽媽」，一家看似正常的人卻各個懷藏著「多事的靈魂」，敘事者二十七歲的年輕作家，就這樣直溯生命源頭地旁觀著「我妹妹」——一個活著的謎，書本封面中聚焦於「我妹妹」的一雙長腿，因為「我妹妹」說：「只有在這樣走走走走的時候，我知道我活著。」

書中就是這樣連續五個「走」字的語態，表示「我妹妹」活著的一種樣式，她是被動醒覺的人，才華洋溢、隨心所欲、言詞犀利、眼神斜睨，在不斷「聽、聽、聽」的環境中，大膽質疑「有什麼意義？」的活著的人。敘述者「哥哥」透過一篇作文描繪一個正常的「我妹妹」：「她很漂亮、很聽話、很像一個公主」，她小時候的一切——裝扮、神情、聲調、態度，甚至模樣，儼然是一個哥哥心目中標準的「我妹妹」。然而，什麼是妹妹逐漸改變的關鍵？是高中的性別意識啟蒙嗎？還是更早在小學班上成為異端呢？是家庭中瀰漫著偽善的莊嚴氣氛？又或是日漸長大的騷動心緒？十八歲，未婚懷孕三個月的我妹妹，以健忘的逃避、懵然的笑容，成為另外一種難以理解的「活著的謎」。

敘述者「哥哥」從妹妹出生開始，就一路好奇著、呵護著、探問著，關於這件當初因乖乖養病而被大人賜贈的「我的禮物」——一個表情悲傷的妹妹。哥哥說：

「我妹妹悲傷過嗎？」

「我妹妹還沒學會說話的那些時日裡她究竟想些什麼？感受些什麼？察覺些什麼？認識些什麼？」

「我妹妹的笑又是從什麼時候開始有了那種嫣然的力氣呢？」

八歲的年齡差距，及「做哥哥要有做哥哥的樣子」，在這些看似溫柔的問句當中，我們不禁跟著懷疑自己是否也大意遺忘了生命的細節，失去了啟蒙的關懷。而敘述者「哥哥」時而懺悔自省；時而關心傾談；又多半旁觀解析，終無法理解「孕育生命的機關不宜輕易開啟？飽藏無限母體動能的裝置已經封閉？——那麼，她為什麼又懷孕了呢？」這是書中最令人困惑的誕生與死亡。而作家身分的哥哥，卻輕易地將貧乏生活中的一點點這個加一點點那個拿來「創作」或真或假的事實。所以作者在題獻中說：「謹以此書獻給我妹妹，她以面對無比殘酷的現實的勇氣，提供了我寫作此書的許多珍貴素材。」我想，這應是年輕的張大春在二十七歲鳴放於文壇所提出的辯證吧！

此外，成長小說的作者刻意著墨於故事背景的年代，有意在書中腳色不同的知識水平、文化座標下，以輕鬆調笑的口吻，充滿荒謬的現實節拍，來凸顯時代的衝突、不安，一些「元素」的攝入，成了這本書的時代符碼、歷史印記：

我有生以來第一個女朋友，她教我認識沙特和他的《嘔吐》，她極有耐心地向我解釋：卡繆加上沙特並不等於卡特，還唸了一段《嘔吐》給我聽。

佛洛依德初來我們家時的確造成了某種慌亂，我爸爸必須同時教育我和我爺爺好些詭異的學說，那些學說連他自己也一知半解。

約翰．藍儂被一個瘋子開槍射殺的事對我還有我妹妹絲毫不該有什麼影響，即使是在他還活著的時候，我們也從來不曾認識過這個人以及他和披頭四合唱團的音樂。

我爺爺很喜歡唱這齣〈四郎探母〉；大概他那一個世代所有的人都喜歡唱〈四郎探母〉。我問我爸爸四郎是誰？我爸爸說大概是四郎真平漫畫裡那個四郎罷？我爺爺一邊拉著胡琴一邊扭頭衝他說：「放你個臭狗屁！」

存在主義及心理分析皆只是皮毛與時髦：西方樂團與東方戲曲分別有不同的認同與鄉愁，這些一一走過的社會圖象；再加上家庭中的種種變異：爺爺嚴肅的滑稽、奶奶認分的傳統、爸爸膚淺的世故、媽媽有節制的神經質，與「我妹妹」零歲出生到十九歲動手術拿掉小孩的生命旅程，形成某種對應，混亂、崩解、懷舊、新創、出生、死亡，一代人又一代人，家庭結構與生命根源的神聖性被質疑以及被顛覆了。全書末章，面對荒謬的質疑，「你，瘋了？」時，「悲傷」的我妹妹直指出「那是遺傳！」

這是一本「青春的哀愁」之書，但是又充滿誠摯的矛盾與天真的變形。其中令我印象最深刻的是首章結尾的畫面：大夥張狂有力地「一窩蜂衝上去高喊『地球號要起飛嘍！』」一群流著汗的小學童，以體內殘餘的能量「推動一個在惡意下飛向宇宙盡頭的世界」，這「地球號」遊戲中的歡笑與哭號、旋轉與靜止，似乎就意味著一則懵懂的「靈魂活著的謎」。敘述者「我」抱著我妹妹到學校裡玩，「地球號穿越土星的時刻我妹妹哇啦哇啦大哭起來，我跳落地面，讓地球號自動減速，甚至我還猛伸手攔住那根紅色的子午線幫它煞住車。」八歲小哥哥拍著、哄著妹妹回家，在臨近家門時，「我放緩腳步，她笑了起來。那是我有記憶以來第一次看見她笑，我再也不曾忘記那笑容。」故事在我腦中倒帶，不知怎地，希望以此作為Ending！

附錄 I

青春的哀愁是怎麼一回事

——讀大頭春的《我妹妹》

楊照

I

首先要弄清楚一件事：雖然同樣由大頭春掛名，以第一人稱敘寫，《我妹妹》卻絕對不是《少年大頭春的生活週記》的續集。如果帶著閱讀《生活週記》續集的期待，乍然進入《我妹妹》的世界，你不但會驚訝地發現：故事的敘述者「我」怎麼從一個計畫逃學去迌迌流浪的國中生，搖身變為年滿二十七歲的作家；更重要的，你還一定會在缺乏充分準備的情況下，被《我妹妹》書裡大量滲冒出來的憂鬱哀愁氣氛深深凍傷。《我妹妹》在一點上算是和《生活週記》前後一致，那就是兩本書的故事主題都是青少年期在破碎環境裡成長的經驗。然而在處理這個共同題材時，《生活週記》和《我妹妹》所採取的策略、方式，卻顯得大相逕庭。

《生活週記》裡，大頭春將自己化身為青少年，用週記的形式當下代言，呈現青少年的生活、社會、世界視野，並且利用週記這種特殊文體在「應然／實然」間的模糊、弔詭性質（被設計為學生向老師「交心」的管道，然而又充滿了最僵硬、最固定的形式），發洩青少年在重重權威制約下的不滿與叛逆。這樣一種寫作方式，好處是可以直接、立即代替青少年向成人世界發言抗議；然而其壞處則在作者的成人身分與角色的青少年經驗難免仍有扞格齟齬，不時引來青少年讀者：「大頭春能代表我們嗎？」的質疑。

相較於《生活週記》這種直接的代言形態，《我妹妹》裡的敘述風格顯然就複雜多了。《生活週記》按週定期書寫現實、記錄現在，《我妹妹》卻不斷追索過往、召喚記憶，並且在反覆嘮叨從前中，總是帶著或濃或淡的懺悔意味。

西方文學傳統裡的懺悔錄（Confession），一般表現為兩種主要的形式。一種是聖·奧古斯丁式的，在終於望見真理之光、掌握了神聖終極意義之後，回過頭來細繹自己在悟道前的生活何其荒唐、何其虛擲；另一種則是盧梭式的，冠冕堂皇地活過一生，臨近死亡時醒悟到：其實世人從表面上看到、知道的我，其實不是真正的我，那只是一個化妝過的空空軀殼，確確實實躍動過的生命根本不在那裡。於是奮而執筆記錄，保留不被社會道德觀念包裝、檢查的種種事跡。

《我妹妹》的懺悔意味，介於這兩種形式之間。一方面是敘述者拋開社會陳規，暴露自己及家人扭結、反常的執念，戳破表象的風平浪靜，細看底下的波濤洶湧；而另一方面貫串全書一次次回到過往情境的記事，有一股若隱若現的伏流，不斷嘗試要賦予這些零星、片段經驗一個完整的意義聯結，有頭有尾的因果串聯。一次又一次，相同的事件出現在不同的敘述脈絡裡，一次又一次，敘述者「我」努力地想解釋這背後到底有什麼超然、絕對的意義鎖鏈。

然而不同於聖．奧古斯丁的是，《我妹妹》書中追求的這個完整意義，卻始終沒有清楚呈現。應該說，書裡記錄的其實是一次次想解釋記憶往事，卻一次次失敗的嘗試。這種搜尋不得的焦慮、悵惘，更加深了書裡凝重、憂傷的色調。

除了回憶自己少年、青少年往事之外，敘事者另外一個未曾間斷的努力，則是解讀妹妹種種行為表象背後終究的訊息。在這點上，敘事者「我」更是個徹徹底底的失敗者。從妹妹出生前，「我」便開始猜測，一直猜到書末最後一段，卻還是無法肯定知道什麼，必須高高掛上一個問號。

《生活週記》明白、肯定地告訴我們一個國中男生如何生活、如何思考；《我妹妹》卻給了我們兩個青少年成長的謎團。敘事者「我」二十七歲時，用作家的敏感想像回溯童年往事，卻一而再地陷入無法肯定其意義的猶疑裡；至於「我妹妹」則更像是一個吊在樹頂的蛹，我們只能盡可能地觀察其外表的層層質地、紋路，卻無從測探內裡所包藏的動物究竟有著怎樣的結構、怎樣的生命形態？

和《生活週記》相比，《我妹妹》裡的大頭春顯然是相當謙虛的。他不再自信滿滿地說青少年的話，他只拿出不斷試圖了解成長是怎麼回事的迷離。

2

《少年大頭春的生活週記》在短短一年多的時間內，狂飆賣完十萬本，所明白標點的社會意義正是：不論青少年自己，或成人家長們，對青少年成長的過程都充滿了焦慮不安，而我們的大環境裡可供發洩、紓解這種焦慮的工具、管道，卻明顯匱乏不足。

《生活週記》所表現的是青少年面對種種權威模塑時的叛逆衝動，以及伴隨叛逆意識而來的不在乎、裝酷。這類情緒想必在青少年群裡有其代表性，不過也當然不是青少年文化的唯一模式。《生活週記》捕捉、反映的情緒，在性別上絕對是以男生為中心，而嚴重忽略女生觀點的。為了凸顯叛逆拒斥的表達，《生活週記》裡更是漏失了青少年意義世界裡另一項重要的反應——寂寞孤僻及莫名的憂鬱感傷。

叛逆反抗與憂鬱感傷可以說是青少年期最典型的兩種情緒。許多青少年次文化的現象，都能用以這兩種情緒為兩極所鋪陳的光譜來分析。不過分析並不就代表理解，只是幫助我們建立一套趨近去描述青少年經驗的修辭罷了。

《我妹妹》在這點上修補了《生活週記》中對青少年世界的偏頗呈現，認真而努力地試圖建立起光譜另一端的極點。《生活週記》裡的叛逆意識是以接近吶喊的姿態向成人世界發散，然而《我妹妹》的憂鬱哀愁則是靜默、孤絕的，我們反而只有透過一些最為熱鬧、戲劇性的場合才能對比感受到這份抽離冷漠。

在《我妹妹》裡，大頭春一次又一次挖掘生活中的悲喜情境，生老病死以及爭吵、背叛、戀愛、瘋狂，描述參與其中的成人們的種種乖張行為，而襯底的背景卻總是「我」及「我妹妹」的窺看、冷眼旁觀。那種態度彷彿是不明瞭，其實更接近不屑。

因此而營塑起的孤絕、憂鬱氣氛讓人讀了哀傷不忍。在這點上，《我妹妹》的確是走到了青少年世界的另一個端點。把《生活週記》和《我妹妹》併讀，我們就有了青少年世界的兩端，而且更重要的，我們會開始反省過去習慣看待青少年成長經驗的方式。

西方文化傳統中，對「人」的認識到了文藝復興時代，有一個翻天覆地的大變革。首先是發現了人其實比神更複雜、更值得研究；繼而更發現了人是有成長階段的，兒童不只是小型的大人。後者影響所及，在文藝復興時代的畫像裡，開始出現了寫實寫真的兒童。過去在中古時代，教堂彩繪玻璃上的小孩都只是在形體上縮小，可是其五官表情、肢體比例卻完完全全抄襲成人。一直要到文藝復興時代，人們才訝然察覺，其實除了尺寸大小之外，兒童還自有其截然不同於成人的身體形貌。

大頭春的《生活週記》及《我妹妹》，從一個角度看，似乎也正足以提醒我們，青少年的意義世界恐怕不只是大人以為的那樣無聊騷動，更不只是過了就算了的。

不管是叛逆或憂鬱，青少年往往都會有一段經營自己的意義世界的過程。青少年的成長，其實就是不斷被別人訂好的遊戲規則侵逼，然後不斷讓步的慘痛經驗。面對外來的規範，每一個人或多或少總會試圖保有一點「自我」。「自我」的範圍究竟應該劃在哪裡，應該保護多少、暴露多少，這是青少年世界核心的關懷。

環繞著這個核心而發展了一套青少年獨特的文化。在與制式既成的社會面面相覷時，這套文化不應該被看成是成人世界的小型複製，而毋寧比較接近瘋狂。青少年和被歸類為瘋子的人，其實都是不願或無法照人家定的規則玩遊戲，因而格格不入的。從這個角度切入，我們會驚心發現，《我妹妹》裡面幾個與瘋狂如此接近的人，其實都是一種漠視個人空間的權力宰制下的犧牲者，他們是一顆顆被粗糙、無趣的父權架構扭曲後封閉糾絞的心靈。

3

最後讓我們回到文學的脈絡上來，至少回到大頭春（張大春）寫作的發展脈絡上。

張大春在八〇年代台灣文壇的發跡成名，最主要的關鍵點就在他對舊有敘事形式的強烈不滿，導引出一系列實驗新敘事的優秀作品，替台灣小說文類打出一個過去不曾存在的新的自由、活潑空間。

從《公寓導遊》開始，張大春就不曾掩飾過他對老式敘事陳規的不耐煩。他反對以前敘述者應受的陳規限制、更質疑敘述者、作者獨享的真理權威。

《公寓導遊》以後一連串的作品，其背後的問題意識，往往都集中在：敘事是可靠的嗎？虛構與真實如何切劃分辨？如果敘事根本就不可靠，那為什麼還要「訴說」？為什麼「訴說」還是具有逼迫別人「傾聽」的權力地位？這樣的問題追問下去，最極端處就問出了一部希冀徹底混淆現實與虛構的新聞小說《大說謊家》。

張大春利用小說來梳理的這套問題，正好是解嚴前後台灣社會共同的疑惑。過去強勢意識領導（Hegemony）塑建了許許多多的大敘述，用不容置疑的語氣灌入民眾耳中腦裡，要人家相信那就是事實、就是真理。威權崩潰後，這些事實、真理也隨而陷入一團混亂裡，什麼話是「真」的，誰的話可以相信，在台灣成了幾乎無解的難題。

張大春在文壇興風作浪，和這波威權崩潰的迷離互為因果、彼此加強，到《大說謊家》而臻至幾乎要「打倒一切敘述」的極點。

然而這樣「打倒一切敘述」其實不能徹底解決問題。至少有個尾巴會一直回來魅惑作者：如果說的都是謊言，為什麼還要說？如果一切都是謊言，那「怎麼說」是不是就不再值得注意、也無從評價？

由作品上大膽猜測，我們可以說《大說謊家》完成後，這個尾巴就緊緊纏繞住了張大春。在一些場合裡他開始對敘事陳規打破後冒頭的光怪陸離顯現出相當程度的焦躁不安。他也開始在文學獎評審會議上支持敘事手法平實的作品，並且力斥某篇實驗性極強的小說為「不知伊于胡底的任意書寫」。「伊于胡底？」這不但是張大春對該篇最終還是獲獎的作品的質疑，恐怕也是他對整個敘事問題最急切的反省。

在這個時期內出現的「探子王」系列、《少年大頭春的生活週記》、開了頭沒有繼續下去的「尋人啟事」系列，都可以讓人感覺到：對這一套敘事問題，張大春似乎要在「打倒一切敘述」、「一切皆說謊」之外，尋找新的答案。

這個新的答案，終於在《我妹妹》書裡露出明顯的端倪。認真講，《我妹妹》提供的也許不是新答案，反而是問問題的新的角度。對陳腔濫調舊修辭的不耐煩當然還是張大春的招牌，不過這次他似乎反省到這種不耐煩真正更深層的原因。不耐煩並不是像以前想的，因為敘事就一定裝腔作勢、一定說謊扯白。換個觀點反省，舊修辭之所以令人難耐，其實是因為無從負載生命中日日在發生、日日在折磨人的殘酷現實。舊敘事、舊修辭陳腔濫調麻木了我們的感官，反而成為我們逃避面對日常經驗的港灣，掩飾了我們的怯懦。

《我妹妹》在修辭上，因而不再承襲張大春慣常的譏嘲顛覆，卻表現出一種少見的沉重。張大春不再像在《大說謊家》裡那樣大手筆地推翻、改造舊詞語的意義，戲謔恣意玩弄。《我妹妹》的調子是遲疑反覆的，許多過去會被張大春拿來製造反諷笑話的詞語，在《我妹妹》裡總是先認認真真地提出來，例如生命、死亡、愛情、性以及權力關係。張大春耐心地在其上附加自己新穎不同流俗的解釋，然後再在另一段裡拆穿自己的說詞，讓意義回復到不穩固、不確定的狀態。

沉重的大字眼充斥，細細碎碎的肯定、否定往往復復，這是《我妹妹》非常不像張大春其他作品的特色。而如此細膩經營的結果是：我們會發現生命中的無常冷酷真的超過所有找得到的修辭模式。真正的哀愁悲傷是無從明白的，跳過修辭、跳過肯定否定，我們才勉強捕捉到生命現實的殘酷光影。

在成人的世界裡，我們往往習於躲在修飾、語言的陳規裡，以為那就是真實。徹底反省這些陳規，經歷了「打倒一切敘述」的否定階段，張大春才終於能夠回到青少年未被模塑前的憂鬱狀態，透過《我妹妹》告訴我們面對生命中無窮騷動、焦慮的種種哀愁。

一九九三年十月於台北內湖

文學叢書 204

INK PUBLISHING
我妹妹

作　　者　張大春
內頁攝影　林君陽　許　斌
總 編 輯　初安民
美術編輯　蔡南昇　黃昶憲
校　　對　吳美滿　施淑清　張大春

發 行 人　張書銘
出　　版　INK印刻文學生活雜誌出版有限公司
台北縣中和市中正路800號13樓之3
電話：02-22281626
傳真：02-22281598
e-mail：ink.book@msa.hinet.net
網　　址　舒讀網http：//www.sudu.cc

法律顧問　漢廷法律事務所
劉大正律師
總 代 理　展智文化事業股份有限公司
電話：02-22533362・22535856
傳真：02-22518350
郵政劃撥　19000691　成陽出版股份有限公司
印　　刷　海王印刷事業股份有限公司

出版日期　2008年10月 初版
ISBN　978-986-6631-26-9

定價　240元

內頁攝影　林君陽（P59,85,101,113,129,145,157）
許　斌（P45,71,169,185）

國家圖書館出版品預行編目資料

我妹妹 / 張大春著.－－初版.－－
台北縣中和市：INK印刻文學,
2008.10 面；　公分.--（文學叢書；204）
ISBN 978-986-6631-26-9（平裝）
857.7　　　　97015911